위대한 보수, 영원한 평화

위대한 보수, 영원한 평화

글 전옥현 | 발행인 김윤태 | 발행처 도서출판 선 | 북 디자인 김소정
등록번호 제15-201 | 등록일자 1995년 3월 27일
초판 1쇄 발행 2019년 8월 30일

주소 서울시 종로구 삼일대로 30길 21 종로오피스텔 1218호
  전화 02-762-3335
  전송 02-762-3371

값 18,000원

ISBN 978-89-6312-590-9 03810

4차 산업혁명 시대의
새로운 한반도 청사진

위대한 보수
영원한 평화

전 옥 현

도서출판 산

감사의 말씀

국가안위가 흔들리는 상황에서 이런저런 고민을 하다가 지난해 출간했던 〈한국의 보수 어디로 가나〉를 보완해 부민강국(富民强國)의 보수정치를 살려내는 방안을 모색해보았습니다.

저의 졸고(拙稿)가 책으로 만들어지기까지 많은 분들이 도와주셨습니다. 그분들의 진심어린 조언, 뜨거운 격려, 관대한 인내는 이 세상에 존재하는 모든 책들의 가치와 소중함을 새삼 깨우치게 하는 기회가 되었습니다.

막바지 원고 정리 과정에서 큰 도움을 주었음에도 불구하고, 본인들의 실명을 밝히지 말아줄 것을 당부하는 많은 동지들의 성실한 기여에 각별한 감사를 드립니다. 졸문을 성실하게 다듬어 훌륭한 책으로 꾸며준 선출판사 임직원들에게도 각별한 감사의 뜻을 전합니다.

이분들의 폭넓은 경험과 풍부한 식견은 정계(政界) 진출이라는 인생의 전환점에 서있는 부족한 저에게 인간적 매력과 겸허함, 인문학적 소양의 가치를 더욱 깊이 성찰하게 함으로써, 저의 정치적 대장정에 커다란 도움이 될 것임을 감히 확신합니다.

서로의 상반된 정치적 입장이나 인연에 따라 똑같은 상황을 보고도 견해의 차이는 충분히 있을 수 있습니다. 제 자신의 기억력이 완벽하다고 자신할 수도 없습니다. 나름 모든 이해관계를 떠나 최대한 진실에 부합된 정확하고 솔직한 기술(記述)을 하려고 노력했습니다. 혹여 저의 착오와 부족함으로 인해 마음에 들지 않는 내용이 있더라도 넓은 아량으로 양해해 주시길 바랍니다.

앞으로 민주주의 힘, 곧 주권의 원천인 국민의 편에 서서 언제나 역사를 두려워하는 마음으로, 대한민국 보수의 역사를 새롭게 만들어 보겠다는 무거운 책임감을 갖고, 오로지 국가와 국민을 위해 신보수주의 비전을 실천하는 정치를 하겠다는 약속을 올리면서 저의 부족함에 갈음하고자 합니다. 감사합니다.

2019년 8월의 뜨거운 어느 날,
청아한 가을을 떠올리며 서울 서초구에서
전옥현 경례(敬禮).

신보수혁명의
성공을 기원하며

국가 안보와 외교, 경제가 속절없이 허물어지고 있는 요즘의 현실을 보고 있노라면 황망하기 그지없다. 때로는 가슴이 철렁 내려가기도 해 구한말의 시일야방성대곡(是日也放聲大哭)까지 스쳐가곤 한다. 내가 지난 33여 년간 외교안보의 일선에서 동분서주할 때는 대한민국의 기반이 날로 굳건해져 가리라는 믿음을 온 국민에게 안겨주었다. 실제로 국격(國格)이 올라가고 국민 모두가 상응하는 대접을 받아, 대한민국은 지구촌 어디에 내놓아도 손색이 없는 당당한 나라로 일신했다. 그런데 웬일인가? 나라 안팎에서 국가의 존망을 걱정하는 한탄의 소리가 쏟아지고 있으니 그저 기가 막힐 따름이다.

'허구와 위선' 한국좌파세력의 한계

우리는 지금 전대미문의 해괴한 정권에 나라의 명운을 맡기는 바람에 백척간두(百尺竿頭)의 위태로운 지경에 놓이고 말았다. 문재인 정권의 사람들은 산업화 시절 경제성장의 과실은 누리면서 그 과실을 만들어낸 우리 국민의 총체적 역량을 도덕적으로 재단하며 폄훼하고 있다. 이런 위선이 어디 있겠는가? 이들이 그토록 소중하게 받드는 민주주의도 그렇다. 조화와 타협의 참다운 민주주의 이상은 안중에 없다. 국민을 내편저편으로 조각내는 것도 모자라 민주주의면 독재까지도 무방하다는 식의 교조적인 편집증을 드러내며 사법 만능의 만용에 빠져 있다.

우리의 눈앞에는 참으로 불길한 세상이 펼쳐지고 있다. 대통령은 취임하면서 지금까지 경험하지 못했던 세상을 만들겠다고 했다. 하지만 우리 누구도 이렇게 나라를 안팎으로 망쳐놓을지 몰랐다. 지금이 어떤 때인가? 인공 지능(Artificial Intelligence)이 생활현장 곳곳으로 파고들면서 새로운 산업혁명을 열어가고 있다. 또 각 나라들이 글로벌 가치사슬(global value chain)로 얽혀 있어 세계의 생산양식이 국경을 넘어 우위의 기술을 주고받는 고도의 분업구조로 변해가고 있다. 우리가 단군 이래 처음 경험한 경제적 번영이 그 흐름을 거스른다면 한 여름 밤의 허망한 꿈으로 끝날 수 있다. 이런 마당에 우리 땅에는 허구와 위선이 판치던 망국 조선의 리더십이 되살아나 나라를 마냥 퇴보시키고 있다. 오로지 '적과 동지'의 이분법적 협량(狹量)의 정치로 역사의 실상을 왜곡하고 호도하며 시대착오적인 미래상을 국민에게 강요하고 있지 않는가?

우리는 남·북·미·일, 그리고 러시아와의 관계를 절대선과 절대악으로 갈라놓고 한반도를 100년 전 질곡의 구렁텅이로 다시 몰아놓고 있는 문재인 정권의 무능에 아연실색하고 있다. 일본과의 경제 분쟁은 얼마든지 피할 수 있었다. 하지만 이 정권은 절대선으로 모시는 북한과의 '민족끼리'를 추구하며 일본을 절대악으로 삼아 등을 돌리려다 패착을 범하게 된 것이다. 우리가 그동안 착실히 쌓아온 국부를 온존하게 불려나가려면 미우나 고우나 일본과 척을 저서는 안 된다는 것은 삼척동자도 아는 사실 아닌가? 문재인 정권은 마치 조선말 위정척사운동이라도 벌이듯이 처신해 반일·친일의 프레임논쟁을 가열시켜가며 편협한 민족주의와 함께 일본에 노골적인 적대감을 드러내고 항일운동을 부추겼다. 21세기의 경제 분쟁을 19세기 수구적인 항쟁으로 대응한 것이다. 위정척사의 이념은 당시 실의에 빠져있던 민심과 민생은 철저히 외면한 채 조선을 금수(禽獸)와 같은 서양 국가들은 물론 '청나라 오랑캐'와 구분해 '소중화(小中華)'의 문명적이고 도덕적인 국가로 정당화하는 허구의 이데올로기였다.[1]

자폐 정치, 결국 '동북아의 동네북' 재연

대한민국 국민치고 일제 식민시대의 고통을 잊고 있는 사람들이 있겠는가? 누구나 일본에 대한 피해의식을 가슴의 응어리로 품고 있다. 우리가 꾸준히 전정한 사과를 요구해왔지만, 일본은 설사 사죄를 한다 해도 국가적 체모를 훼손하는 선을 결코 넘은 바 없다. 그렇다면 우리의 결론은 간단하다. 일단 한국과 일본의 과거사 문제를 손절매 (損切賣, stop-loss)하되 우리가 힘을 키워 일본을 누를 강대국이 되는 것이다. 이전 정권들의 외교적 결단은 결국 이런 심모원려(深謀遠慮)에서 나온 이보후퇴(二保後退)의 전략이었다.

이렇게 무능하고 무지하며 무책임한 소행은 대내외적으로 불필요한 마찰과 혼란을 초래해 국익을 훼손하고, 그나마 어렵사리 쌓아온 우리의 국제적, 경제적 위상을 추락시키고 있다. 정치철학자인 양승태 이화여대 명예교수는 "진정으로 강한 자는 싸움에 졌을 때 상대방의 강함을 인정하면서 더 강해지려고 노력하는 자이다. 비겁하고 나약한 자는 싸움에서 얻어맞고는 상대를 다시 때려눕힐 계획을 세우지 못하고 동네방네 징징대고 다니면서 '쟤가 나를 때렸데요'하면서 소란을 피운다"라고 했다. 일본의 경제 보복이후 문재인 정권은 국제여론전이니 국제기구 호소 말고는 달리 보여준 게 없다. 북한식 생존 논리인 자력갱생까지 정권 실세들의 입에서 나왔는데 실소를 금하지 않을 수 없다. 결국 문재인 정권은 "쟤를 혼내 달라"고 징징대는 약자임을 만천하에 떠벌리고 다녔을 뿐이다.

무너져가는 대한민국의 사기(士氣)

시절이 정말 하 수상하다 보니 나도 모르게 대학시절 즐겨 읽었던 클라우제비츠의 〈전쟁론〉을 다시 꺼내 읽었다. 한동안 북한을 철저히 외면했던 중국의 시진핑이 북한 김정은을 만나 후견인을 자처하면서 북·중·러의 북방라인이 강화되고 있다. 또 미국과 일본이 밀착하며 남방라인을 공고히 하면서 한반도주변에서는 과거 냉전시절의 대결구도가 펼쳐지고 있다. 이런 와중에 중국과 러시아 항공기가 우리의 방공식별구역(KADIZ)을 휘젓고 돌아다녀 한반도 해역에서 말 그대로 각축의 전운까지 실감하게 되었다. 나는 미국과 중국의 패권 싸움과 북한의 핵 놀음에 휘말려 우리의 외교전선이 흔들리고 한미동맹이 파열음을 내고 있는 현실이라서 더욱 충격을 받았다.

과유불급이라고 했던가? 혹여 미국과 일본, 중국과 러시아의 이해가 얽혀 한반도가 또다시 대리전의 희생양이 된다면 생각만 해도 끔찍하다. 더구나 거의 무장을 해제하다시피하고 예측불허의 동북아정세에 속수무책으로 허망한 평화만 외쳐대는 현 정권의 무능상은 불안감을 고조시키고 있다. 클라우제비츠는 전쟁에서 이길 수 있는 결정적인 무기를 사기(士氣)라고 했다. 지금 온 국민의 사기는 바닥에 떨어져 있어 나라 전체가 급속히 활력을 잃어가고 있다. 반도체, 조선, 자동차, 석유화학 같은 주력 산업들의 기반이 흔들리고 최저임금인상 및 주 52기간 근로제 강행, 소득주도성장으로 민생이 도탄에 빠져 있는 경제문제는 언급할 필요조자 없다. 지난 2년여 동안 얼마나 많

은 국민들의 일상을 위축시켜 놓았는가? 대통령이 북한의 위장평화
전술에 맞장구치며 놀아나 김정은의 하수인처럼 행세하다보니 국민
은 물론 군대의 사기까지 엉망이다. 대통령이 앞장서서 국가의 안보
를 흔들며 위기로 몰아넣고 있는 이런 나라를 언제까지 지켜봐야 하
는지 답답하기만 하다. 단순히 좌파정권의 실패로만 돌리기에는 국
민과 나라가 감당해야 할 피해가 형언하기 어려울 만큼 지대하다. 항
간의 소문대로, 문재인 정권의 영구집권 전략이 나라의 앞날을 이렇
게 암울하게 하며 비극적 상황을 부르고 있다면 더 이상 묵과해서는
곤란하지 않겠는가?

해법은 결국 보수에 있다

우리는 젊은 날부터 꿈꾸었던 일류 선진국가 건설과 민주주의 이
후의 민주화 완성, 평화통일의 위대한 이상(理想)을 체념하고 포기할
수 없다. 이를 위해서는 문재인 정권처럼 역사를 날조, 왜곡하며 허구
와 위선에 매몰되었던 구태의 정치를 과감히 청산하고, 국가정체성
을 재정립해서 건전하고 미래지향적인 비전을 제시하는 노력이 절실
하다. 그래야만 우리 국민이 옷깃을 여미고 신발을 다시 고쳐 매며 힘
차게 일어서서 또 한 번 땀을 흘리고 도전하는 희망과 결의의 긴 여정
을 향해 나아갈 수 있다.

나는 보수의 실패가 그저 진보의 성공으로 이어지는 게 아님을 작

금의 한국의 현실에서 여실히 목격하고 있다. 그나마 1948년 대한민국이란 국가의 수립과 함께 줄기차게 성장의 시나리오를 써가며 오늘날의 번영을 일궈낸 것은 보수의 힘이다. 유감스럽게도, 지나친 성취감에 싸여 나라의 정신적 토대를 소홀히 했던 게 오늘날 보수 세력에게 뼈아픈 상처를 남겼다고 생각한다. 한국의 좌파는 보수 세력에게 도전하고 공격하면서 세를 키웠고, 그 방법론으로 역사를 한껏 날조해가며 권력을 세 차례나 잡기에 이르렀다. 역사를 장악하고 담론시장을 지배하며, 세상을 발전시킨다는 진보의 이념을 독점하다시피한 것이다. 한국의 좌파는 엄밀히 말해 건전한 진보세력이 아니다. 더구나 지구상에서 가장 수구적인 북한 김정은에게 줄을 대지 못해 안달하는 집단이 아닌가?

이런 이념구조의 모순이 문재인 정권의 실정으로 노정되고 있는 것이다. 바야흐로 4차 산업혁명 시대를 맞아, 우리는 이전의 이념과 사고양식을 바꾸지 않는다면 도태될 수밖에 없다. 시계를 거꾸로 돌려 조선시대로 돌아가는 한국의 좌파 정치로는 4차 산업혁명의 새로운 패러다임에 부응할 수 없다. 한국의 보수가 역사적 소명의식을 갖고 새 시대의 정치세력으로 새롭게 태어나야 한다. 비록 아무리 험난하다 할지라도, 우리는 보수혁신의 대원칙을 지켜주는 대로(大路)를 향해 모두 함께 나아가야 한다. 우리는 반드시 승리할 것이다. 우리가 신보수의 혁명 전선에서 대한민국을 새롭게 도약시키기를 간절히 소망한다.

CONTENTS

3 '망국' 조선의 불편한 유산들

CONTENTS

CONTENTS

1

나는 타고난 보수다

"나는 성장과정에서 위기의 변곡점에 있을 때마다 탄탄하게
내 자신의 역량을 다져가며 하나의 인생을 완성해나가는 것이
보수적인 삶의 철칙이라고 여기며 자랐다. … 나는 보수의 DNA를
타고 났으며 태생 자체가 보수임을 당당하게 주장한다."

나는 타고난 보수주의자다. 우선 태생적으로 양반골이라는 충청도의 산골마을 서천(舒川)에서 태어났다. 충청도는 지리적 · 전략적으로 중요한 위치에 있어 오래전부터 전쟁이 끊이지 않았다. 이런 역사적 특성 때문에 나라를 위기에서 구출하고자 했던 애국선열과 지사들이 많다. 역사적 인물로는 백제시대 5천명의 결사대로 김유신의 5만 신라대군을 대폐시킨 계백(階伯) 장군이 있다. 또한 고려시대 외적들을 물리치고 반란을 막는 데 앞장선 최영(崔瑩) 장군도 유명하다. 특히 나와 고향이 같은 서천 출신으로는 단연코 월남 이상재 선생이다. 이상재 선생은 독립협회를 만들고 신간회 회장을 역임하는 등 독립운동을 하면서 민족 지도자로 활동했던 위인이다. 이상재 선생은 "집안이 화합하고 학문이 성숙되면 이로부터 모든 일이 번성한다(合室能文 自是盛事)"라는 유묵(遺墨)으로도 유명하다. 이처럼 의심할 여지 없이, 나는 누가 뭐래도 여지없는 원조 보수주의 향토에서 태어났다. 나는 성장과정에서 위기의 변곡점에 있을 때마다 탄탄하게 내 자신의 역량을 다져가며 하나의 인생을 완성해나가는 것이 보수적인 삶의 철칙이라고 여기며 자랐던 것이다. 바로 여기서 진정한 국가차원의 보수주의란 나라의 안보를 굳건히 지켜내고야 말겠다는 결전의지와 탁월한 전략적 마인드로 확대된 개념이라는 것을 알 수 있다.

보수 생명력의 근원은 합리주의

나는 보수의 혁신을 신봉하는 사람이며 이를 통해 세상이 진화하며 발전한다고 믿는다. 수 만년 인류의 발달사는 실제로 그랬다. 우리는 프랑스 혁명이나 러시아 혁명 같은 희대의 대사건들에 현혹되다 보니 세상이 하루아침에도 뒤집어질 수 있는 것처럼 생각한다. 하지만 보수가 자체의 질서나 가치관을 수선할 절실한 역사적인 필요에 직면하는 순간 이전의 패러다임을 바꾸는 게 개혁이고 혁신이다. 혁신이란 보수를 진일보한 단계로 올려놓는 하나의 패러다임의 전환인 것이다. 우리는 세상을 강자와 약자로 갈라놓고 마치 두 진영의 투쟁을 통해 역사가 발전한다는 변증법적 논리에 휩쓸리곤 한다. 하지만 그래보았자 모두 종국적으로 보수의 틀에 안주하게 된다. 보수는 이렇게 고치고 땜질하고 보완해서 더욱 굳건하게 재탄생하는 것이다. 나는 살아오면서 한 번도 이런 생각을 버린 적이 없다. 그래서 나는 보수의 DNA를 타고 났으며 태생 자체가 보수임을 당당하게 주장한다. 내가 대학을 졸업하자마자 우수정보요원으로 특채되어 국가안보의 최일선에서 청춘을 바치게 되었던 것 역시 이처럼 나름 확고한 보수관의 발로였다고 할 수 있다.

우리는 '당신은 우파냐, 또는 좌파냐' 혹은 '보수냐, 진보냐'는 질문을 자주 받는다. 보수주의와 진보주의, 우파와 좌파에 대한 정치학사전의 일반적인 정의와 설명을 부정하지는 않지만, 크게 마음에 들지는 않는다. 내가 그리며 실천하고자 하는 보수의 정체성은 이렇다. 근면하고 검소하며 언행이 일치하고 가족의 가치와 충효의 전통을 중시한다. 또 미풍양속을 계승하고 개인주의적 성취와 발전을 정당하게 평가하며 상부상조의 협동 정신을 높이 기린다.

사회 · 경제적으로는 국부를 창출하는 기업 활동을 확고하게 신뢰하고 지지하며, 상호경쟁과 시장논리를 옹호하고 국가적으로는 자유로운 민주공동체를 굳건히 믿고 국민적 합의로 공산주의를 배격하며 자존의 애국심을 고취시키는 것이라 할 수 있다. 이 정도면 건전하고 합리적인 보수의 삶을 총망라하고 있다고 할 수 있을 것이다. 다시 강조하겠다. 보수의 가치는 이러한 정체성을 바탕으로 자유민주주의와 시장경제를 존중하며 실천해나가는 것이다.

보수의 이런 정신은 실제로 자유주의와 시장주의를 기반으로 거의 3백여 년 동안 인류의 삶의 질을 끌어올리면서 찬란한 문명을 다져왔다. 때로는 새로운 세대가 등장할 때마다 고리타분하고 케케묵었다 해서 눈총을 받기도 하고 고인물처럼 썩기도 한다 해서 논란을 일으키곤 한다. 하지만 면면이 생명력을 유지하는 것은 보수 자체의 합리성을 누구도 부인하지 못하기 때문일 것이다.

합리적인 보수! 공정한 룰에 따라 개인의 자유를 마음껏 보장해 개인의 발전이 곧 사회와 국가의 발전으로 이어지는 사회는 결국 보수의 이념을 기반으로 해야 가능하지 않겠는가. 사회주의의 메카였던 소련과 함께 공산진영이 일시에 무너지고 오늘날 북한이 불량국가로 남아있는 현실을 냉철하게 직시해보자.

대한민국의 보수는 왜 위기에?

유감스럽게도, 오늘날 대한민국의 보수는 깊은 수렁에 빠져 질척대고 있다. '너는 보수냐, 진보냐'는 해묵은 편 가르기 논쟁 속에서 우리나라의 보수는 마치 사면초가, 동네북과 같은 신세가 되었다. 이른바 촛불혁명의 거센 바람 속에서 최근에는 보수 대통령을 포함한 일부 정치인과 이기적 출세주의에 함몰되었던 권력 엘리트들의 어이없는 실패와 몰락을 두고 보수의 궤멸이라고도 한다.

다수 국민과 유리되어 권력을 남용하고 국민의 기대를 배신한 그들의 정치적 · 지적(知的) · 인간적 실패를 보수 세력 전체의 잘못으로 확대 해석하는 것은 분명한 논리의 비약이다. 이것은 언론을 장악하고 소위 진보적이라는 일부 지식인이나 정치지향적인 폴리페서(polifesser)들을 대거 포섭한 좌파세력들이 거두절미, 견강부회, 아전인수의 전략을 써 가며 보수 세력을 무력화하고 있는 것과 무관하지 않다. 과거 중국의 문화혁명에서 있었던 홍위병정치의 면면이나 다를 바 없다.

자신이 보고 싶은 것만 보는 확증편향(새로운 정보들이 우리가 갖고 있는 기존의 이론이나 세계관, 그리고 확신하고 있는 정보들과 모순되지 않는다고 보는 경향)의 오류이거나 낙인효과를 노리는 비열한 책동 이다. 어떤 사람이 나쁜 사람으로 낙인(烙印, stigma) 찍히면 그 사람에 대한 부정적 인식은 사라지지 않는다. 요즘 보수인사들이 고개만 들면 낙인을 찍어 비난을 퍼붓고 설 땅을 잃게 하는 현장을 쉽게 목도할 수 있을 것이다.

보수의 몰락을 촉진하는 보수진영의 분열은 가히 치명적이라 할만하다. 보수라는 한 집안에서 계파를 중심으로 정적(政敵)이 되어 서로 비난을 한다. 보수는 사생결단을 두려워하지 않는 내부의 적들 때문에 지리멸렬하는 폐망의 길로 가고 있다는 우려가 나오지 않을 수 없다.

제2차 세계대전이 발발해 파리(Paris)가 독일에 함락되자 당시 프랑스군 장교로 역사가이자 작가였던 앙드레 모루아(1885~1967)는 "파리는 외부의 적인 나치가 아니라 프랑스 내부의 혼란과 분열로 점령당했다"고 개탄했다. 현재 한국의 보수는 적군보다 아군을 공격하는 데 더 몰두하고 있다. 좌파의 골수인 공산주의자가 침략한 6·25 전쟁 이래 한국의 보수파는 최악의 위기를 맞고 있다.

'백지장도 맞들면 낫다'거나 '뭉치면 살고 흩어지면 죽는다'는 평범한 진리를 망각하고 자신의 이기적인 정치적 이익 확대에 혈안이 된 일부 보수 정치인들의 행태에도 실망과 분노를 금할 수 없다. 마치 적전(敵前) 분열, 자중지란의 양상이 아닐 수 없다. 개탄할만한 정치철학의 빈곤이다. 보수 세력이 이렇게 분열되어서는 선거라는 국민의 심판이 왜곡될 우려가 크다. 보수가 다수표를 얻고도 패배하는 황당한 결과가 초래될 가능성이 크다. 서로 별 차이도 없는 보수라는 정치노선이나 대동소이한 신념을 가지면서도 사소한 차이를 이유로 소아적인 갈등과 대립을 반복하는 보수들의 자해행위를 이해하기 어렵다. 대의와 희망을 위 해 자기희생(self sacrifice)을 감수하고, 보다 큰 그림을 생각하는 그랜드 디자인이 절실한 시기다.

서로 정통성을 주장하는 보수 세력 내의 헤게모니 싸움은 서로를 불신하고 증오를 증폭하는 지경에 이르렀다. 대부분의 종교집단에서는 외부의 이교(異敎)보다는 오히려 내부의 이단(異端)의 탄압에 더 가혹하다고 한다. 가정에서도 부모와 자식, 형제자매가 서로를 불신하고 싸우는 이른바 콩가루 집안이 잘 되는 것은 보지 못했다. 정치집단이라고 예외가 아니다. 보수 간의 가열된 집안싸움으로 외부의 적들에게 어부지리를 안기는 꼴이라는 우려가 당연히 나온다.

오늘날 보수들의 이전투구를 보면, 정치판에서 영원한 적도 영원한 동지도 없다고 한 것은 참으로 명언이다. 지금도 미국을 대표하는 정치가로 위대한 정치적 업적을 남겼다는 평가를 받고 있는 케네디 대통령(1917~1963)도 "정치에는 친구가 없다─다만 노선을 같이 하는 동료가 있을 뿐(In politics you don't have friends-you have confederates)"이라고 지적한 바 있다.

보수 야당에 대한 여론의 지지도는 보잘 것 없게 나타난다. 따라서 보수의 분열이나 내분은 현재로서는 백약이 무효인 상황이라는 분석까지 나온다. 이에 따른 후유증으로 새로운 피의 수혈이라는 인재 영입이 어려워 보수 야당은 인물난까지 가중되고 있다. 선거에 출마할 후보자 기근이나 부재 상황까지 연출되고 있는 실정이다. 이러한 현실은 보수 야당의 인적 풀을 왜소화시킬 뿐 아니라 경쟁력 훼손까지 가속화시키고 있다.

약육강식, 승자독식에 익숙하고 몰입하는 것이 냉정한 현재의 정치판이다. 그러나 같은 편끼리라도 역지사지하는 정치적 타협의 미덕을 보여줄 수는 없는지 현 국면에 대한 좌절감은 깊어만 간다.

"혁신을 통해 변신하는 게 보수"

대한민국의 보수가 이렇게 가서는 안 된다. 우리나라 역사에서 중산층과 서민들의 이익을 대변해 온 보수주의자들은 역사의 진정한 주인공들이었다. 무엇보다도 북한과의 체제 경쟁에서 승리했으며 산업화와 민주화라는 시대의 흐름, 역사의 요구에 부응한 것이 보수주의자들이었다. 강자(强者)와 이긴 자들이 역사를 독점하지만 우리 역사를 지탱해 온 뿌리는 보수적 이념이었다. 다수의 이름이 알려지지 않는 보수주의자들은 땀 흘리며 경제의 막중한 생산을 담당하며 국부(國富)를 키웠고, 어려운 환경에서도 꾸준히 자식을 낳아 교육시켰다. 그들은 부모에 효도했고, 나라에 충성했고, 전쟁에 나갔다. 보통사람이 다수를 이룬 보수는 사실상 우리 역사를 만들어왔다. 이런 보통사람들인 보수주의자들의 저력(底力)을 우리는 흔히 과소평가하고 폄하하지만, 이들의 잠재된 힘과 소중한 뜻이 우리 세상을 결국 바람직하게 이끌어온 게 사실이다.

1960년대 초반의 한국은 세계 최빈국의 하나였다. 1961년 한국의 연간 1인당 소득은 불과 82달러로 아프리카 가나의 179달러의 절반에도 미치지 못할 정도의 기아와 빈곤상태에 있었다. 1950년~1953년까지 3년에 걸친 6·25는 무려 400만 명의 목숨을 앗아간 잔인한 전쟁이었다. 이런 비극과 절망 상태에서 한국은 눈부신 '한강의 기적'을 이루었다. 우리는 1996년 선진국 클럽의 하나라는 OECD에 가입했으며, '원조를 받는 나라에서 원조를 하는' 당당한 나라로 바뀌었다.

이처럼 산업화와 민주화의 토대가 된 이들 보수 세력의 헌신과 위대한 성취를 우리는 결코 잊어서는 안 된다. 국민소득 100달러 미만의 나라를 3만 달러 수준의 경제적 강국, 세계 10위권의 무역대국으로 변모 시킨 것은 자녀교육을 무엇보다도 중시하며 기업을 키우고, 효도를 통해 가족을 지키고, 애국심으로 국가적 위기를 극복해 온 보수 세력의 빛나는 업적이다. 그들이 흘린 피와 땀과 눈물이 대한민국의 진정한 원동력이었다. 보수는 반드시 다시 살아나야 한다. 보수가 본연의 자리를 찾지 못하면 나라의 앞날은 불확실성에 빠질 수밖에 없다. 더군다나 이른바 진보세력임을 표방하며 집권한 문재인 정권은 지금 맹목적인 친북·친중 정책으로 나라를 풍전등화의 위기로 내몰고 있다. 이런 상황에서 보수를 건강한 버팀목으로 재탄생시켜야 하는 것은 절실한 과제이다. 누가 보수를 지켜낼 것인가? 내가 정계에 발을 들여놓는 순간 떠오른 화두였다.

진정한 보수주의자는 누구인가. 비스마르크, 디즈레일리, 처칠, 드골, 나카소네, 레이건, 대처 등은 정치적으로나 역사적으로나 보수 정치가로 거론되는 걸출한 인물들이다.

"야당 시절을 잘 보내는 정치인이 유능한 정치인"이라는 말로도 유명한 나카소네(1918~) 전 일본 총리는 "원칙을 지키며 혁신을 통해 변신하는 것이 진정한 보수"라고 평소 강조했다. 일본에는 변하지 않는 원칙이라는 불역(不易)과 때로는 발전과 갱신이라는 뜻의 유행(流行)이라는 말이 낯설지 않다. 일본에서의 불역과 유행은 보수 본류(保守 本流)를 뜻하는 말이라고 한다.

보수주의의 원조로 평가할 수 있는 에드먼드 버크(1729~1797)는 "지키기 위해 개혁한다."고 보수주의를 옹호했다. 공동체의 전통, 역사, 문화의 계승을 위해 지속적인 개혁과 혁신을 하는 데 보수의 정체성이 있다는 명언이다. 보수주의는 미래를 위해 현재를 계속 변화시키는 사고를 기반으로 한다. 그래서 수구(守舊)와는 확연히 구별된다. 보수는 언제나 온고지신이나 법고창신의 의미를 갖는다.

온고이지신(溫故而知新). 『논어』「위정」편에 나오는 공자의 말씀이다. "옛것을 알고 새 것을 알면 남의 스승이 될 수 있다(溫故而知新 可以 爲師矣)." 역사를 배우고 옛것을 배움에 있어, 옛것이나 새것 어느 한 쪽에만 치우치지 않아야 한다는 뜻으로도 이해된다. 즉 전통적인 것이나 새로운 것을 고루 알아야 남의 스승 노릇을 할 수 있다는 가르침이기도 하다.

법고이지변 창신이능전(法古以知變 創新而能典). 옛것에서 배우되 변화를 알고, 새것을 만들지만 능히 법도를 벗어나지 않는다. 이른바 법고창신(法古創新)의 지혜다. 입고출신(入古出新), 즉 옛것을 익혀서 새로운 것을 만들어 낸다는 추사 김정희(1786~1856) 선생의 정신도 그 맥을 같이한다.

이런 측면에서 보수의 가치를 지키는 보수야당의 심기일전, 환골탈태, 자기 혁신은 현재진행형이다. 자유한국당은 과거 한나라당이나 새누리당과는 인물이나 조직 및 정책 등에서 차별화된 길을 지향해 나가고 있다. 비록 우리 국민들의 눈높이에 못 미쳐 실망을 주는 것이 안타깝고 유감스럽긴 하지만 말이다. 특히, 지난 2018년 1월부터 3월까지 활동한 자유한국당의 제2기 혁신위원회는 한국당의 기존 정책을 혁신하는 정책혁신안을 마련하여 공표하였다. 나는 제2기 혁신위원회 위원으로 보수주의적 혁신정책을 마련하는 데 적극 참여하였다. 정당은 선거와 정강정책 등을 통해 정치이념의 이미지를 심어준다. 정당의 이념과 정책이 너무 자주 바뀌는 것도 곤란하지만 대내외 정책 환경의 변화와 장기적 추세에 따라 유권자의 표를 먹고 살 수 있도록 지속적으로 혁신되어야 한다. 그래야 지속가능한 발전과 개혁이 이뤄지는 보수주의 정당으로서의 정치경쟁력을 갖게 된다. 그 어느 때보다도 시급하고 절박하다.

보수 가치의 재정립 절실하다

위기(危機)는 위험(危險)과 기회(機會)라는 뜻을 함축하고 있다. 보수 몰락의 위기라는 위험한 현실은 다른 한편으로는 새로운 기회의 가능성이기도 하다.

다시 질문을 던져 본다. 오늘의 위기는 보수의 위기인가, 보수정당의 위기인가.

김영삼-이명박-박근혜로 이어진 보수 정당 출신 대통령들의 참 담한 실패로 자유민주주의와 시장경제를 적극적으로 옹호하던 한국 의 보수들이 길을 잃고 방황하고 있다는 지적이 뼈아프다. 보수 정치 인들의 실패를 보수적 정치세력의 패배로 판단하는 것은 논란이 있지 만, 오늘날 보수 세력의 붕괴에는 대통령을 포함한 보수 정치인들의 무능과 수준 이하의 도덕성이 결정적인 역할을 했다는 것을 부인할 수는 없다.

지금 국민들은 자신이 보수임을 나타내지 않는 샤이(shy) 보수, 부 끄러운 보수로 자학(自虐)을 하는 지경에 이르렀다. 보수가 보수라고 자랑스럽게 말하지 못한다. 이것이 보수의 위기이든, 보수정당의 위 기이든, 국민 다수의 지지와 응원을 상실한 과오에 대해 천둥과 벼락 과 같은 처절한 반성과 십자가(十字架)를 스스로 짊어지겠다는 각오 와 책임감이 보수에게 절실하다. 그렇게 해야 자기모멸에 빠진 보수 는 권토중래의 복원이 가능할 것이다. 보수가 혁명적인 변화와 쇄신 의 노력을 한다면 반드시 희망이 있다. 따라서 보수의 재기(再起)를 위한 에너지가 약하거나 아예 고갈되었다고는 생각하지 않는다.

'정치는 쇼핑이 아니라 종교'라는 말처럼 정치이념에 대한 유권자들의 생각은 그리 쉽게 변하지 않는다. 합리적이고 책임 있는 보수의 재편과 결집, 개혁 의제(agenda)들의 과감한 수용, 복지와 노동 이슈에 대한 전향적 접근, 새로운 인물의 발탁을 통한 기득권 정치의 체질 개선 등도 병행되어야 한다.

한국사회에서 보수와 진보의 대립구도나 정치 경쟁은 계속 격화할 가능성이 높다. 그러나 과거를 벗어나야 한다. 비상식적인 틀에 갇힌 우리나라 정치권이 고루한 패러다임에 집착하고 덧씌우기를 기도하는 낙인 효과는 경계해야 한다. 민주주의의 발전, 경제의 성장과 분배, 자유와 평등, 인권의 보장 등이 보수나 진보라는 특정 세력의 전유물이 아니기 때문이다. 우리나라는 사상 유례가 없는 압축적인 산업화·민주화 과정에서 상호간의 소통과 협력을 배우기보다는 일방통행식의 권위주의 경향을 주로 학습했다. 보수는 덜 민주적이고 진보가 더 민주적이라는 주장은 전혀 설득력이 없다. 민주주의는 보수나 진보가 공히 신봉하는 인류 보편의 가치다. 불행하게도 우리 정치판은 '나는 백로고 너는 까마귀'라는 흑백논리에서 벗어나지 못하고 있다. 또한 우리는 좌파 급진주의자나 수구 반동주의자들이 당파의 가면을 쓰고 정치·경제·사회의 각 분야에서 건강한 보수의 혁신을 방해하고 있음을 부인할 수 없다.

현재 한국사회는 불안한 안보, 엄청난 국가채무, 절망적인 청년 실업, 심각한 저출산, 급속한 고령화 등 수많은 난제를 안고 있다. 자유경쟁시장체제는 흔들리고 퍼주기 식의 포퓰리즘 남발로 표류하고 있다. 임기 초반 대통령에 대한 여론 지지도는 60%대 이상의 고공행진을 하고 있지만 임기 후반으로 갈수록 지지도는 하락할 수밖에 없을 것이다. 민생의 불안, 정부의 실정(失政)에 대한 국민들의 냉정한 심판과 감시는 어떤 정부도 피할 수 없기 때문이다. 바로 여기에 보수가치의 재정립, 즉 보수혁신이 절실한 이유가 있다.

새로운 보수, 새로운 대한민국

　보수는 거듭나야 한다. 우리 시대도, 유권자들의 의식도 많이 달라졌다. 태극기 집회에 나오는 사람들이 반드시 우파이고 보수인 것은 아니다. 프레임에 갇힌 일부 정치인들이 소아적인 정치적 이해관계에 따라 오도를 하거나 심한 곡해를 하지만, 태극기 집회 참가자들의 상당수는 보수·진보를 떠나, 보다 대국적인 견지에서 애국심과 공동체의 균형을 걱정하는 분들이라고 보는 것이 합리적이다. 보수의 가치관 재정립은 바로 이러한 합리적인 사고의 바탕에서 출발해야 한다. 보수주의 가치관이라면 실로 다양하다. 오로지 내 재산을 지키겠다는 일념에 따라 탈세까지 마다않는 탐욕의 보수가 있는가 하면 님비현상을 당연시하며 개인의 이익이 훼손되어서는 안 된다는 소시민적 이기주의의 보수도 있다. 최근에는 갑질 문화처럼 사회경제적인 우월적 지위로 약자 위에 부당하게 군림하는 약탈적 보수나 공적 문제는 안중에 없고 기득권 안주나 향락적 인생관에 치중하는 탈선형 보수가 논란이 되고 있다. 물론 건전한 가치관을 지닌 보수들도 있다. 적극적인 정치참여보단 뒤에서 조용히 의사를 표명하는 '선비형 보수'나 해병대전우회나 태극기집회에서 보듯이 적극적으로 보수주의적 정치행동을 표출하는 사람들이 그들이다.

　나는 이렇게 다양한 보수들 가운데 탐욕이나 월권으로 범법행위를 한다면 관련 법규로 처벌하면 된다고 본다. 또 소시민적 이기주의나 향락주의의 탈선이 보수주의에서 문제가 된다면 사회적 비난이나 교육을 통해 바로 잡아나가야 한다고 생각한다. 오늘날 수많은 사람들이 보수의 이런 파행을 문제 삼으며 보수주의 전반을 백안시하는 경향이 있지만 이는 그릇된 시각의 산물임이 분명하다. 이른바 진보를 표방하며 허울 좋은 소리만 늘어놓는 사람들도 똑같은 비행과 탈선을 하고 있지 않는가? 최소한 이런 점에서는 보수든 진보든 오십보백보 아닌가? 중요한 것은 궤멸된 보수와 잘 나가는 진보의 대립이 격화되는 가운데 우리 대한민국을 놓고 "이게 나라냐?"라는 탄식이 터져 나오는 현실에 있다. 바로 남남갈등의 현주소다. 흔히 친북좌파들이 노리는 함정이 우려되는 이유다. 이 말은 지난 촛불집회에서 보수정부를 질타하는 슬로건처럼 국민들의 입에 오르내렸으나 이후 들어선 현 정부도 마찬가지의 질타를 받고 있다.

나는 보수의 당면한 임무는 국가의 실체, 즉 정체성을 규명하는 작업에서 출발해 대한민국 보수의 가치관, 더 나아가 대한민국 자체의 가치관을 정립하는 것이라고 생각한다. 우리는 정쟁의 현장에서 '새는 좌우의 날개로 난다'는 말을 흔히 듣곤 한다. 새는 물론 좌우의 날개로 날지만 고도를 정하고 방향을 잡아나가는 것은 날개가 아니라 몸통이다. 몸통은 곧 국가다. 국가관이 바로 서지 않으면 나라는 방향과 목표를 잃고 헤맬 수밖에 없다. 지금 대한민국의 현실이 바로 그렇다.[2]

나는 자유한국당 혁신위원회의 멤버로 참여하면서 보수가 지향해야 할 대한민국의 가치관을 놓고 고심한 바 있다. 무엇보다 대한민국의 몸통에 도사리고 있는 병리현상이 무엇인지, 그 원인은 무엇인지?

그리고 어떻게 치료해야 할 것인지 따져보고자 했다. 원인을 정확히 파악한다면 처방은 쉬울 것이다. 그런 다음 대한민국이란 존재가 어떻게 생겨났으며 그 역사를 바탕으로 나라의 앞날을 어떻게 설계하고 운영해야할지 해법을 찾아내는 방안을 그려보았다. 우리사회의 보수 세력이 깊은 성찰과 함께 미래의 청사진을 받쳐줄 확고한 가치관을 재정립한다면 국민의 신뢰를 회복하며 새롭게 탄생할 수 있으리라 확신한다.

이제부터 우리의 과거사를 통해 대한민국이란 몸통이 어떻게 형성되었으며, 그 과정에서 어떤 병리현상이 생겨나 오늘날 우리사회에 영향을 미치게 되었는지 살펴보고자 한다. 관직에서 물러난 뒤 자유인으로 생활하면서 나름 뿌듯한 게 있다면 우리 역사를 다시 들여다보는 시간을 많이 갖게 된 것이다. 주로 현대사 중심으로 손에 잡히면 닥치는 대로 읽었던 것 같다. 오로지 찬란한 문명의 조선이 왜 망했으며, 이후 현대에 이르기까지 우리 민족은 왜 사분오열 갈라져 싸워야 했는지를 알고 싶었던 지적 충동에서였다. 조선말 나라가 무너지고 있는데도 친중 사대(親中事大)의 의리를 외치던 위정척사파를 기억할 것이다. 오늘날에도 그런 세력들이 득세하고 있으니 흥미롭지 않은가. 역사란 되풀이 된다는 게 결코 헛된 말이 아니다. 내 자신이 고민하며 구상했던 건전한 보수의 처방전도 함께 소개하겠다.

2

한국인,
지금 어디에 서있나?

"국민의 시선을 과거로 돌리게 하고, 이념의 도그마와
이상론에 집착하는 근본주의의 시각이나 잣대로 과거의
역사를 재단해 나라 전체가 과거와의 싸움에 휘말리게 하는
악순환의 고리는 어떻게든 끊어내야 한다."

　나는 '잘살아보세'라는 노래를 귀에 못 박이듯 들어가며 산업화의 물
결 속에서 어린 시절을 보냈다. 또 국가안보의 일선에서 대한민국이 민
주사회로 접어드는 현장을 목도하며 살아왔다. 산업화와 민주화를 당
대에 이뤄낸 훌륭한 역사였다. 우리 국민이라면 너나 할 것 없이 대한
민국을 자랑스럽게 여기는 줄 알고 살아 왔는데, 요즘에는 나만의 생각
이 아닌가 하는 회의를 품을 때가 많다. 제 눈에 안경이라고 했던가. 정
치인을 비롯해 각계각층의 지식인은 물론 제법 현학적인 사학자들부
터 책으로만 현대사를 접한 젊은 세대들까지 역사를 보는 눈이 달라도
너무 다르다. 그래서 밝고 자랑스러운 역사가 어둡고 불행한 역사로 뒤
집히거나 오도되는 일이 다반사로 벌어지곤 한다. 이로 인한 국민 개개
인의 가치관 혼란이 대한민국 공동체에 미치는 해악은 이루 헤아리기
어려울 정도이다. 나는 그래도 우리의 현대사가 실로 위대하다는 사실
을 신념처럼 믿고 국민 모두가 그렇게 믿어야 한다고 생각한다. 짧고도
격동적인 질풍의 순간순간은 말 그대로 기적 같은 드라마였다.

꿈틀대는 '아베의 저주'

식민 압제에서 벗어난 한반도는 말 그대로 적수공권(赤手空拳)의 땅이었다. 우리는 누가 제대로 알려주지 않았는데도 그 위에 새롭게 울타리를 쳐 국민을 규합하고 자유민주주의의 나라를 세워 안보와 치안의 틀을 갖추었다. 그런 다음 혼과 열정을 쏟아 부어 시장경제를 익혀가며 산업화를 일궈냈다. 자유와 평등, 박애의 민주화 또한 나름 의미 있는 진전을 이뤘다. 우리는 지금 주권재민의 헌정질서를 만끽하고 있다. 서구에서 수백 년 걸쳐 펼쳐진 건국 및 국민형성−산업화−민주화의 근대화 도식은 누구에게도 배운 적이 없고 그럴 겨를도 없었다. 우리는 반세기도 안 되는 짧은 시간에 이 모든 것을 해냈다. 민족해방의 기쁨도 잠깐, 존립조차 위태로웠던 시대의 절박한 위기의식 속에서 드러낸 치열한 생존본능의 발로였을 것이다. 얼마나 자랑스러운 역사인가.

유사 이래 우리의 조상들은 의·식·주 걱정 없이 살아본 적이 없다. 조선왕조실록에는 굶어죽는 수많은 백성들을 걱정하며 개탄하는 왕들의 고뇌가 숱하게 나타난다. 이런 나라가 당당하게 세계 10대 경제대국을 넘보며 선진국 반열에 올라서있다. 오랜 가난 속에 찌들어 무엇으로 입에 풀칠하고 끼니를 해결할지를 걱정해야 했던 몇 십 년 전을 생각하면 천지가 개벽한 셈이다. 정치 역시 장족의 발전을 이뤄 쿠데타 같은 정변이 용인되지 않을 만큼 안정적이다. 대한민국처럼 우익과 좌익의 정치세력 사이에서 민주 절차에 따라 평화적인 정권교체가 이뤄지는 나라는 세상에 그리 흔치 않다. 국민의 상당수가 대학 교육을 받는 고학력 사회에서 찬란한 한류문화를 쏟아내며 문화강국 의 입지를 다져가고 있는 것 또한 눈여겨봐야 한다. 한류가 21세기 세 계적인 문화경쟁 속에서 우리가 현대 문화국가로서의 자긍심을 확인 해 주지 않는가. 좁은 땅덩어리에 수천만 명이 몰려 살다보니 크고 작 은 갈등과 분란은 언제든지 벌어질 수 있다. 하지만 고비 고비마다 국 면을 반전시켜 가며 '한강의 기적'을 이뤄낸 건국이후 역사의 궤적은 우리 모두 자부심을 가져야 할 만큼 위대하게 평가할만하다. 자유민 주주의 성공과 시장경제체제의 발전으로 특징되는 대한민국의 현대 사는 이미 지구촌 수많은 개발도상 국가들의 롤 모델로 주목 받고 있 음은 분명 우리민족의 훌륭한 저력의 발로 인 것임이 입증되었다.

그러나 성공적인 역사를 배경으로 선진국 문턱에 들어선 이 땅에서 는 퇴행적인 지체현상들이 일상사처럼 벌어지고 있다. 한때 우리나라 는 '고요한 아침의 나라'로 알려져 있었다. 세계인의 눈에는 대한민국 이 잔잔한 평화 속에서 희망의 에너지가 샘솟는 정중동(靜中動)의 상 큼한 나라였다. 너무 과분한 찬사였던가? 지금은 하루도 시끄럽지 않 은 날이 없다. 동서냉전의 한 축이었던 소련과 동구 공산권이 무너진 이후 수많은 세계 석학들이 이념의 종언(終焉)을 외쳤다. 어찌된 영문 인지 이 땅에는 이념이 여전히 살아남아 활개를 친다. 우리 정도로 정 치와 경제 그리고 문화가 함께 발전된 나라에서 이처럼 분열되어 있는 것은 가슴 아픈 일이다. 고도화된 핵미사일을 앞세워 북한의 김정은 이 노리는 남남갈등 때문이다. 바로 여기에서 우리 보수가 다시 살아나 신보수주의 기조 하에 나라를 바로 세우는 데 몸을 바쳐야할 이유를 찾게 된다.

정치인들은 보수·진보의 이념 지형에 따라 마치 적국과 싸우듯이 험담을 쏟아내며 상대 정당을 비난하기 바쁘다. 정책대안 제시를 생명으로 하는 정당으로서의 기능을 상실한 지 오래다. 그들에게서는 나라를 미래지향적으로 이끌 사상이나 철학적 기반을 찾아보기 어렵다. 오로지 자신들의 이해에 따라 국민을 이용하는 사적 이익집단의 이미지만 존재한다. 지식인들은 진영논리에 매몰되어 정치판의 편싸움에 한 축을 거들며 혼선을 부채질한다. 온 국민이 보수 아니면 진보, 우파 아니면 좌파로 갈라져 대립하며 분노의 수치를 높여가고 있다. 싸움에는 어른도 아이도 없다. 사회 명망가인 원로들조차 보수든, 진보든 '너나 잘 하세요'라는 식으로 매도당하기 일쑤이다. 소통과 대화, 타협이란 말은 "내 이야기를 받아들이라"는 강압이나 다를 바 없다. 그저 우리 편이 아니면 적이다. 계층 간, 지역 간, 세대 간 이념을 둘러싸고 벌어지는 불통과 반목의 담론전쟁에서 '나는 옳고 너는 그르다'는 흑백논리만 난무할 뿐이다.

해방 이후 현대사를 둘러싸고 진영 간 벌어지는 '역사 전쟁'은 더욱 가관이다. 한 나라에 살고 있는 국민들이 불과 몇십 년 전 체험한 역사를 놓고 제각각 다른 소리를 하며 싸운다. 해방과 건국 과정, 친일파 청산 문제, 6·25 전쟁, 이승만, 박정희 등 전직 대통령들의 정통성 문제, 산업화 세력과 민주화 세력 간의 갈등과 분열, 북한 역사에 대한 인식 문제 등을 둘러싸고 흘러간 과거에 매몰되어 죽기 살기 식의 진영 싸움을 벌이고 있는 현실은 개탄스러울 정도다. 오늘날 개선될 기미가 보이지 않는 이런 대립과 투쟁의 정치과정은 오늘날 더불어 민주당 등 좌파정당이 주로 투쟁의 역사에만 매달린 데도 상당한 원인이 있다.

나는 우리 사회에서 쟁점이 생겨나 갈등거리로 비화할 때마다 일본제국의 마지막 조선총독 아베 노부유키(阿部信行)의 독설(毒舌)을 떠올리곤 한다. 그는 1945년 9월 8일 조선총독부에서 미국 점령군의 존 하지(John Reed Hodge) 육군소장이 지켜보는 가운데 항복문서에 조인했다. 그런 다음 우리 민족에게 섬뜩한 한마디를 남기고 조선을 떠났다.

"우리는 패했지만 조선은 승리한 것이 아니다. 장담하건데, 조선민이 제정신을 차리고 찬란하고 위대했던 옛 조선의 영광을 되찾으려면, 100년이라는 세월이 훨씬 걸릴 것이다. 우리 일본은 조선민에게 총과 대포보다 무서운 식민교육을 심어놓았다. 결국은 서로 이간질하며 노예적 삶을 살 것이다. 보라! 실로 조선은 위대하고 찬란했지만, 현재 조선은 결국 식민교육의 노예로 전락할 것이다. 그리고 나 아베 노부유키는 다시 돌아온다."

이 말은 아베가 단지 패전의 쓰라림을 안고 물러나는 마지막 총독으로서 회한(悔恨)을 토해낸 게 아니었다고 생각한다. 그는 우리 민족과 이 나라에 불길한 예언과 함께 저주를 퍼부었던 것이다.

오늘날 아베 노부유키의 저주가 살아남아 사회 곳곳에서 꿈틀거리는 것 같다. 우리는 광복이 된 지 70년이 넘었는데도 나라의 틀을 뒤

흔들 정도로 서로 이간질하며 치열하게 싸우고 있다. 친일 논쟁만 보자. 친일파 이야기만 나오면 마치 목숨과 혼을 걸다시피 하며 상대방을 몰아세운다. 아베가 그토록 대단하게 여겼던 식민교육의 귀결이라면 이런 아이러니가 어디에 있을까? 숱한 싸움의 와중에 사람들은 무엇이 옳고 그른지를 스스로 판단하지 못하고 진영 논리나 정파의 이해, 지역이기주의 등에 휩쓸려 싸움에 가세하곤 한다. 지나친 비약이라거나 견강부회(牽強附會)라고 할 지 모르겠지만, 노예적 삶의 한 단면이라고 하고 싶다. 뚜렷한 주관 없이 선전·선동에 쉽게 휘둘리는 국민들이 너무 많아 나라가 갈라지고 이로 인해 엄청난 사회적 비용을 물고 있는 게 우리의 현실 아닌가? 아베의 저주에서 헤어나지 못하고 있다 해도 지나친 말이 아닐 듯하다.

우리 사회가 이 지긋지긋한 난맥(亂脈)을 끊어낼 동력이나 해법을 좀처럼 찾아내지 못하고 있는 것은 더욱 큰 문제다. 이대로라면 아베의 저주처럼 100년의 세월을 넘겨도 온전한 세상이 오리란 보장이 없다. 아베 신조(安倍晋三) 현 일본 수상은 아베 노부유키의 친손자이다. 그가 사실상 일제의 군국주의로 회귀하는 일본 개조론을 외치고 있는 현실 역시 아베 노부유키 저주의 연장선상에서 본다면 그저 끔찍할 따름이다.

동북아는 지금 위기의 수렁에 빠져 있다. 미국은 동아시아 경영의 파트너로 일본과 손잡고 중국과의 긴장을 끌어올리고 있다. 일본은 평화헌법 체제를 깨고 '정상국가'로 나간다면서 재무장을 추진 중이다. 중국은 대륙굴기(大陸崛起)의 야심에 따라 한반도의 운명을 통제하려

들고 있다. 핵과 미사일을 보유한 북한 김정은은 공산주의 통일이라는 3대 유훈대로 도발적인 행동을 거듭하며 우리를 위협하고 있다.

미국 · 중국 · 일본 · 러시아의 세계 4대강국의 틈바구니에 끼어있는 신세는 1백여 년 전 조선이 망할 때나 별반 달라진 게 없다. 강대국 사이에 끼어있는 불행한 지정학적 여건 때문에 이웃 국가들의 먹잇감이 되어버린 슬픈 역사를 지닌 나라로는 폴란드와 한국이 대표적으로 거론되나 피해의 정도를 따지자면 한국이 더욱 처절하다. 지금의 대한민국은 이전과는 천양지차의 경제대국으로 성장했지만, 우리를 둘러싼 4대강국은 영토나 인구, 국력이 여전히 막강하다. 우리의 상대적 안보 여건은 핵을 가진 김정은 때문에 한반도는 물론 국제평화를 위협하는 최대의 안보위협이라는 데 이의를 달 수 없을 정도로 악화되어 있다. 그럼에도 이 땅에서는 난국을 극복하고 미래를 향한 시대정신을 찾고자 하는 생산적이고 미래지향적인 노력은 찾아볼 수 없다. 오로지 과거와 싸우느라 여념이 없을 뿐이다.

역사의식 부재가 정체성 위기 불러

왜 이 지경에 이른 것일까? 무엇이 잘못된 것일까? 대한민국의 성공신화는 분명 훌륭했다. 시대가 요구하는 산업화와 민주화의 인프라를 착착 구축하며 눈부신 성장을 거듭해 국부를 쌓고 풍요로운 나라를 만들었다. 우리는 외형만 그럴듯하게 갖춘 졸부가 아니었던가? 그저 목전의 이익이나 목표만 보고 달려와 나와 이웃, 그리고 대한민국이라는 공동체가 어느 방향으로 어떻게 나아가야 할지에 대한 국민적 합의를 이루고 실천하는 절차를 등한시했던 것은 아닐까? 그렇다. 우리는 대한민국 국경을 설정하고 국민을 형성하고 산업화와 민주화를 거쳐 오늘에 이르렀으나 그간의 역사를 어떻게 봐야할지, 그리고 이 나라의 정체성은 무엇인지를 놓고 많은 논의를 해보았으나 모두 공감할 수 있는 국민 통합적 합의결과를 내놓는 데 실패하였다. 바로 정파적 이해타산 때문이 아닐까.

더구나 이 나라에는 새로운 집권세력이 들어설 때마다 과거를 비판하고 부정하는 데서부터 자신의 정통성을 찾고자 했다. 고운 역사든 미운 역사든 함께 안고 가야할 우리의 역사이다. 하지만 권력만 잡았다 하면 이전의 권력을 역사에서 지워야 할 것처럼 철저하게 선을 긋고 매도하는 악습이 약속이나 한 듯 이어졌다. 그들이 과거 비판과 부정에 사용하는 도구는 이념과 윤리로 포장한 도그마(dogma)이다. 자신은 정의롭고 민주적·도덕적이며 인권을 지향하는 세력이다. 반면 상대방은 불의를 일삼고 반민주적·반도덕적이며 반인권적이다. 따라서 자신의 권력은 절대로 옳고 이전의 권력은 부당해서 용납하지 말아야 한다는 근본주의적 논리를 전가(傳家)의 보도(寶刀)처럼 들이댄다. 오늘날 현 민주당 집권정부가 내세우고 진행하고 있는 적폐청산이 바로 그것 아닌가.

이른바 평화적 정권교체가 자리를 잡은 이후 문민정부, 국민의 정부, 참여정부는 이전의 이승만 · 박정희 정권을 이렇게 백안시하는 담론을 쏟아내며 자신들의 존재 이유를 부각시키려 들었다. 이어 등장한 이명박 정권은 실용주의를 내세워 이들 민주화 이후 정권이 이념에 매몰되고 자아도취에 빠져 실정을 저질렀다고 공박하곤 했다. 산업화와 민주화, 독재와 민주, 친미와 반미, 반북과 친북 등 이분법의 덫을 만들어 놓고 과거와 싸움을 벌이는 작금의 역사전쟁은 결국 이들 정치세력이 일으키고 부채질한 셈이다.

자신들이 박해를 당한 역사의 피해자이고 이전의 권력은 가해자라고 했지만, 권력이 바뀌면 본인들도 가해자로 지탄받는 악순환이 거듭됨에 따라 싸움은 치열해질 수밖에 없었다. 21세기 대한민국에서 철 지난 이념 논쟁이 뜨거운 것도 그 때문이다. 이로 인해 엄청난 사회적 비용을 물고 있음은 말할 필요도 없다. 정권이 바뀔 때마다 성장이냐 복지냐를 놓고 경제기조가 급선회하고, 정부는 물론 지방자치단체까지 이전 정책을 뒤집는 데 혈안이 된다. 국민의 혈세가 얼마나 허비되고 있을지는 불 보듯 뻔하다. 한 나라에 사는 국민들이 이런 혼란에 빠져 있는데, 역사를 바로 잡고 나라의 정체성을 세운다는 것은 결코 쉬운 일이 아닐 것이다.

역사에 대한 올바른 인식은 국민정신의 기본이다. 그런데 상당수 국민이 국가정체성 혼란에 빠져 있다면 국민통합은커녕 당면한 대내외 도전에 제대로 대응할 수 없고, 미래를 개척할 수도 없다. 우리 사회에서 다양한 위기가 거론되고 있지만, 국가정체성 위기야말로 무엇보다 시급히 해결하지 않으면 안 될 가장 근본적 위기이다.

선진국에서는 국가정체성 혼란이나 역사인식으로 인한 갈등은 찾아볼 수 없다. 우리보다 한참 처져있는 개발도상국에서도 좀처럼 나타나지 않는 현상이다. 올바른 역사관 없이 위대한 역사를 창조할 수 없다. 자기 나라와 자기 나라 역사에 대해 자부심을 갖지 못한다면 나라에 대해 애국심을 느낄 수 없으며 국민으로서의 책임과 의무를 기대하기 어렵다. 역사는 역사로만 봐야 한다. 지나친 정치논리는 반드시 배제되어야만 국가의 영속성을 해치지 않고 올바른 국가정체성을 확립할 수 있다. 이게 진정한 보수의 출발이다. 또한 보수정치의 본질임을 잊지 말아야 한다.

근본주의 덫에 빠진 대한민국

나는 이런 문제 인식 아래 과거 부정과 역사의식 부재로 국가정체성이 흔들려 나타나는 대한민국의 자화상을 다음과 같이 정리해보았다.

나만 옳고 너는 그른 흑백의 나라
만사가 이분법의 프레임에 걸려있는 공동체
접점을 찾지 못하고 파열하는 사회.

우리 사회의 '말 없는 다수' 가운데는 이에 동의하지 않는 사람들이 상당수 있을 것이다. 실제 하루하루 열심히 살며 오늘보다 나은 내일과 미래를 그리는 사람들이 있어 그나마 우리 사회가 전진하고 있다고 생각한다. 민주사회의 미래를 낙관한 나머지 사회의 분열상을 시간이 해결해주리라고 대수롭지 않게 넘기는 사람들 또한 적지 않다. 하지만 편 가르기에 앞장서는 소수의 목소리가 워낙 크다보니 이들의 존재는 묻혀 버려 지배적 담론의 형성에 별 영향을 미치지 못한다. 흑백의 담론 전쟁 또한 워낙 치열해 우리 국민은 번번이 어느 한쪽 편을 강요받는 일상에 놓이게 되고, 이념화, 파당화로 흐르게 된다. 결국 먹고 살기에 바쁜 국민들이 매사를 이념의 잣대로 보고 도덕적으로 판단하게 하는 관념(觀念)의 세상을 넘나들고 있는 셈이다. 이는 대통령 선거를 비롯한 각종 선거와 남북문제 등 핵심 이슈들이 발생할 때마다 두 갈래로 갈라지는 국민들의 의사표시에서 확인할 수 있다.

나는 흑백의 이분법으로 갈라지고 접점 없이 파열만 하는 현상을 바로 잡지 못하면 우리의 앞날이 결코 순탄치 않을 것임을 강조한다. 우리는 국가의 정체성마저 공유하지 못한 채 파열하는 사회에서 민주화 이후의 시대정신을 설정하지 못한 채 질척대고 있다. 당연히 유·무형 국가 구성요소들의 연계망인 사회자본이 제대로 형성되지 않아 국민의 에너지와 역량을 모을만한 신뢰기반은 날로 부실해져 가고 있다. 더구나 갈라진 사회가 고착되면서 국민의 준법 의식은 바닥에 떨어져 있고, 공권력은 권위를 잃은 지 오래다. 공동체의 위기를 걱정해야 할 대형 이슈나 사건이 터져도 법과 원칙을 우습게 아는 풍조 때문에 사회적 비용이 걷잡을 수 없이 불어나곤 한다. 반드시 치유책을 찾아 고칠 것은 고치고 도려낼 것을 도려내야 한다. 그러지 못하면 우리는 선진국으로 갈 수 없다.

이런 고질의 병리 현상이 하루아침에 생겨났을 리는 없다. 수 천 년 역사에서 쌓여온 우리 민족의 에토스가 수시로 발생하는 사건에 도전하고 응전하면서 형성된 특질이 발현된 것이라고 보아야 할 것이다.

나는 문제의 근원을 조선 지배계층의 근본주의(fundamentalism) 문화와 연계해 생각해보았다. 우리 민족은 유구한 역사를 이어오며 숱한 흥망성쇠를 경험했지만 나라를 통째로 이민족에 넘겨준 적은 없었다. 그러나 1392년 창건한 조선왕조는 518년간 존속하다가 1910년 일본의 식민지로 전락하고 말았다. 조선이 다른 서양 선진국이나 일본과 달리 근대 국민국가로 진화하지 못하고 망국의 길을 걸은 이유는 무엇일까? 조선이 망한 이유를 단 하나의 요인으로만 설명할 수 없겠지만, 결정적 원인은 유교를 근본주의적으로 해석해 중국을 사대주의로 극진히 모시면서 국방을 도외시하고 내부지향의 국가 운영을 했기 때문이라는 게 나의 결론이다.

근본주의란 무엇인가? 매사를 이상론과 원칙론에 따라 보려는 것이다. 막스 베버는 사회과학 연구에서 이상형(Ideal type)의 중요성을 설파한 바 있다. 그가 내세우는 이상형에는 최선의 모델을 제시해 그 모델을 따르다 보면 차선책이라도 얻을 수 있으리라는 기대가 깔려 있다고 할 수 있겠다. 이상과 원칙은 사회가 공동의 선(善)을 추구하는 데 필요하고 숭고한 목표이다. 이상을 좇다 보면 보다 좋은 세상을 끌어낼 수 있기 때문이다. 그러나 이상향이 존재하지 않아 유토피아(Utopia)란 말이 나왔듯이, 이상은 결코 현실이 될 수 없음을 알아야 한다.

문제는 이상과 원칙에 집착하다 보면 도그마에 빠져 사회와 나라가 활력을 잃게 된다는 데 있다. 또 만사를 어떤 실증적 근거도 없는데 도그마에 따라 설명하고 해결하려 들어 독단과 억지, 궤변이 난무하고 반이성의 부조리에 빠지곤 한다. 우리는 오늘날에도 이미 저승에 간지 오래인 마르크스의 말을 기계적으로 받아들여 수많은 사람을 살상하는 어이없는 사례를 목도하게 된다. 옛 소련의 수용소 군도, 중국의 문화대혁명, 캄보디아의 킬링필드 등이 대표적이다. 근본주의가 민족주의를 만나 히틀러의 파시즘으로 갔고, 공산주의를 만나 스탈린 독재를 낳은 것도 엄연한 역사적 사실이다. 북한의 3대 세습 독재 역시 근본주의와 이념 결합의 산물로 설명할 수 있다.

근본주의에 빠지면 자신은 무조건 옳고 상대방은 무조건 그르다. 누군가 나의 신조나 주장을 거부하면 어떻게든 굴복시켜야 하고, 이 과정에서 흑백논리를 들이대며 독단적이고 과격한 싸움을 벌일 수밖에 없다. 오백여 년 조선은 위정자들이 이 같은 근본주의에 빠져 서로 싸워가며 시시비비를 가리느라 세월을 보내는 파행의 역사로 이어졌다. 그 결과 서구 선진국들이 국력신장과 부국강병에 성공하여 제국주의로 식민지 쟁탈전을 벌이는 사실조차 모르고 있다가 근대화의 기회를 놓치며 망하고 말았다.

나는 근본주의가 조선의 망국 이후에도 살아남아 우리의 삶에 알게 모르게 뿌리를 내려왔다고 주장한다. 이에 따라 조선의 근본주의가 무엇보다 일제 식민시절 당시 지배층에 저항하며 생겨난 민족주의에 영향을 미쳐 오늘날 한국인의 유별난 민족주의를 낳았다는 가설을 세워본다. 또, 해방공간에서 도입된 자유민주주의와 사회주의, 공산주의 등의 사조가 자유, 평등 등의 가치와 결합되어 한국인 의식구조의 한편에 자리하게 되었다고 생각한다.

나는 근본주의와 민주주의, 사회주의, 그리고 자유와 평등이 뒤섞여 한국인의 정치성향을 형성하고, 이런 성향이 현대사의 흐름 속에서 정권이 바뀔 때마다 돌출하거나 잠복하다 민주화가 공고해지면서 오늘날 활발하게 표출되고 있음을 주장한다. 물론 우리의 유별난 민족주의가 6·25 전쟁 때는 조국을 지키려는 애국심으로 승화되어 나라를 살려냈고, 박정희 시절에는 '잘살아 보세'의 진취적이고 역동적인 에너지로 작용해 한강의 기적을 일궈냈다. 하지만 사회가 느슨해질 때는 매사를 흑백의 근본주의로 갈라놓고, 공동체보다는 나를 먼저 챙기려 드는 등 극단적이고 파편적으로 흐르곤 했다.

이런 성향에서 드러나는 불합리한 현상들이 더 이상 한국인의 특질로 고질화해서는 안 된다는 게 나의 확고한 생각이다. 무엇보다 흑백논리의 근본주의에 매달리고, 이로 인해 사회가 사분오열하는 우리 사회가 아직도 온전한 국가공동체를 이루지 못하고 있다고 보기 때문이다. 다시 말해 국가공동체를 온전하게 떠받칠만한 시민사회가 성숙단계에 이르지 못한 것이다.

우리는 민주시민인가?

시민사회란 공공의 공간에서 자신의 행위에 책임을 져야하고 남을 배려하며, 자신의 의사를 법과 제도에 의해 정당한 방법으로 관철시키는 시민들의 집합이다. 다시 말해 공동체를 위해, 공공의 이익을 위해 생각하고 토론하며 합의를 통해 공동의 입장을 만들어낼 수 있는 역량을 지닌 사람들이 모여 있는 곳이 시민사회이다.

서구 선진국들의 경우 시민은 수백 년에 걸친 근대화의 흐름 속에서 귀족, 승려들과 필살의 투쟁을 벌이고 자유와 재산권을 쟁취하며 이런 생활양식을 체화해왔다. 따라서 시민사회의 등장은 곧 근대화의 완결을 의미하는 것이었다.

우리는 나라를 잃는 쓰라림을 겪었고, 식민 압제에서 시련을 당했으며, 해방 이후 독재정과 민주정 등 냉탕과 온탕을 오가는 정치체제를 경험하며 경제발전을 이뤄왔다. 우여곡절은 있었지만 나름 국가형성–산업화–민주화의 궤적을 밟아 근대화의 외형은 그럴듯하게 갖췄다고 평가할만하다. 하지만 우리 사회의 속살을 들여다보면, 우리의 근대화는 미생(未生)의 단계에 머물러 있다.

우리 스스로에게 물어보자. 우리가 과연 21세기의 시민이라고 당당하게 말할 수 있는가? 우리가 공동체를 발전적인 선순환 구조로 끌고 갈 시민사회의 역량을 갖추고 있다고 자부할 수 있는가? 이런 의문 제기에 반발하는 사람들도 있을 것이다. 전 국민의 80%가 대졸자인데 무슨 소리냐고 흥분하는 사람들도 있을 것이다.

그러나 법치가 무너진 것을 비롯해 최근의 혼란상을 접할 때마다 타협이나 자기 억제, 인내, 관용, 책임성, 배려 같은 시민의 덕목은 우리에게 별로 와 닿지 않는다. 시민은 명목상 존재하나 시민다운 시민은 많지 않다는 말이다.

　　가장 최근에 목격한 세월호 사태만 보자. 정부와 정치집단은 물론 국민 모두가 공공의 문제를 풀어나가는 데 한참 미숙하다는 사실을 인정하지 않을 수 없다. 한 마디로 대한민국이란 공동체가 과연 온존하게 미래지향적으로 갈 수 있는지 심각한 의문을 품게 된 것이다. 우리에게 과연 공공의 문제를 스스로 해결할 역량이 있는지, 우리 사회에 진정한 시민은 존재하는지, 우리가 공존하며 살아가려면 어떻게 달라져야 할지 등 성찰해야 할 과제는 실로 수두룩하다.

　　나는 지금 우리 사회에서 펼쳐지는 퇴행적인 지체현상들이 올바른 시민의 형성과 시민사회의 안착을 방해하고 있다고 생각한다. 그래서 이를 바로 잡기 위한 해법을 모색해 한국인을 시민사회로 이끄는 데 보탬이 되고자 한 것이다. 국민의 시선을 과거로 돌리게 하고, 이념의 도그마와 이상론에 집착하는 근본주의의 시각이나 잣대로 과거의 역사를 재단해 나라 전체가 과거와의 싸움에 휘말리게 하는 악순환의 고리는 어떻게든 끊어내야 한다. 이로 인해 대한민국이란 공동체가 매사에서 접점을 찾기보다는 파열로 치닫게 되는 현실을 더 이상 방치해서도 안 된다고 나는 생각한다.

3

'망국' 조선의
불편한 우산들

"국민의 시선을 과거로 돌리게 하고, 이념의 도그마와
이상론에 집착하는 근본주의의 시각이나 잣대로 과거의
역사를 재단해 나라 전체가 과거와의 싸움에 휘말리게 하는
악순환의 고리는 어떻게든 끊어내야 한다."

　순백(純白)의 나라 조선은 지식 사회였다. 통치이념인 성리학은 유학을 시대상황에 맞게 발전시킨 학문이었고, 나라의 경영은 그 학문에 담긴 지식을 바탕으로 이루어졌다. 성리학적 합리주의란 리(理), 즉 자연의 순리에 따라 만사가 돌아가게 하는 것이다. 자연의 순리는 곧 인성과 인간관계, 사회관계를 가르는 잣대였다. 달리 말해, 왕후장상(王侯將相)을 비롯해 사회 각 계층에는 각자의 본분이 있고, 본분이 인품과 사회적 지위를 결정하는 것이었다. 조선의 지배층에게는 자연의 순리에 충실해 각자 본분을 다하면 세상사는 순탄하리라는 믿음이 확고했다. 따라서 순리를 어긴다고 판단될 경우, 이는 반사회적인 망동이어서 결코 용납되어서는 안 될 일이었다. 대응 방법은 당연히 극단적이고 과격했다. 사회에서 격리시키거나 아예 물고를 내는 식이었다. 조선 땅에 들어온 성리학은 이렇게 배타적인 지식과 사고, 양식으로 포장한 근본주의를 안고 뿌리를 내려나갔다는 게 내 생각이다.

이런 사회에서는 통치 엘리트들의 의식이 중요하다. 조선은 학자들이 정치와 행정, 사법, 국방 등 모든 국정을 맡는 나라였다. 학자가 직접 국가의 자원을 다루는 권력자가 되고, 학파가 곧 정파를 이뤄 지배계층을 충원했다. 나는 그들이 민본(民本) 사상에 충실해 백성을 위한 정치를 했더라면 조선의 성리학적 전통은 찬란한 유산으로 남았으리라 생각한다. 하지만 유감스럽게도 조선의 학자들은 자신들만을 위한 정치를 했다. 그리고 그들이 선사후공(先私後公)의 이기주의에 매몰되면서, 성리학은 지배층 내부를 균열시키고 소수의 지배와 착취를 정당화하는 명분론적인 근본주의로 탈선하고 말았다. 나는 조선의 불행한 말로의 원인을 이 근본주의의 폐단에서 찾고자 한다.

성찰 부재의 조선 망국론

우리 민족은 고대로부터 북중국과 만주, 한반도 일대에서 세력을 떨치다 철기시대에 접어들면서 중국의 농경문화에 뒤지기 시작했다.[3] 당나라와 동맹을 맺은 신라는 고구려와 백제를 멸망시킨 후 한반도에서 당군(唐軍)을 몰아내고 대동강이남 지역을 통일했다. 이 시기를 전후로 한반도의 지배세력들은 중국화의 길을 걷는다. 고려는 중국의 문물을 받아들여 강력한 왕권에 바탕을 둔 중앙집권적인 양반 관료제와 문치주의를 정착시켰다.[4]

고려는 몽골의 침략을 당해 원(元) 제국의 질서에 편입되었다. 당시 원 제국의 교역망은 유럽, 터키까지 뻗어 있었는데, 그 동쪽 종착지가 고려의 수도 개성 일대(예성강 하구)였다. 이희수에 의하면 한반도와 이슬람의 교류는 통일신라시대부터 진행됐으며, 고려가 원의 간섭을 받게 된 고려 말에는 무슬림의 대량 유입과 이슬람 문화의 전래가 두드러졌다. 당시 한반도에 진출했던 이슬람 상인들에 의해 고려라는 국호(國號)가 '코리아'로 세계에 알려지게 된다. 고려 후기부터 개성을 비롯한 예성강 일대에는 원나라의 교역망을 통해 유럽 상인을 비롯해 회회인(回回人)이라 불리는 무슬림들이 대거 정착했다.[5] 당시 고려에 거주하던 무슬림을 비롯한 외국인들의 수는 4만 명에서 7만 명 정도로 추산된다.

유럽이 중세 암흑기를 겪는 동안 이슬람 문화권은 연금술과 항해술, 천문기상학, 수학, 물리학 등이 고도로 발달했다. 이런 과학기술

문명이 무슬림과 유럽 상인들을 통해 중국과 고려에 전파됐고, 100여 년 숙성 과정을 거쳐 조선 초기에 찬란한 꽃을 피우게 된다. 세종 시절 발명된 측우기를 비롯한 각종 천문기상 관측기구들은 이슬람 기기를 발전시킨 것이다. 우리가 현재까지 사용하고 있는 음력도 이슬람 역법을 우리 식으로 개조한 것이다.[6]

이처럼 우리 조상들은 선진 외래사상이나 문화를 거부하지 않고 적극 받아들였다. 이 과정에서 외래 문물을 무비판적으로 수용한 것이 아니라 토착문화와의 융합을 통해 독자적인 문화권을 형성했다. 역사학자 이성무는 독자 문화권의 형성을 통해 다른 문화권에 흡수 동화되지 않는 자생적 능력을 길렀다고 지적한다. 이러한 독자 문화권 형성 능력은 한국을 지금까지 생존하게 한 정신적 자산이었다.[7]

중국 대륙에 당당하게 맞섰던 고구려, 백제가 멸망한 이후 우리 민족국가는 몽골 등의 침략을 받아 떳떳하지 못하게 살았던 시절은 있었지만, 외세에 주권을 빼앗기고 전 국토와 국민이 노예 상태로 전락한 적은 없었다. 조선이 일제 식민지가 되자 이 땅의 백성들은 일본군에 끌려가거나 강제 노역을 당하고, 이름을 일본식으로 바꾸어야 했으며, 한글 사용까지 금지 당하는 치욕을 당했다. 왜 이런 비극이 벌어진 것일까.

일부 학자들은 조선 망국의 원인을 이완용을 비롯한 친일파의 오판 및 탐욕과 일본의 야만적인 침략 근성 때문이라고 한다. 참으로 무책임하고 잘못된 주장이다. 이완용이 역적이며 매국노임에는 틀림없다. 그는 대한제국 내각총리대신으로 1910년 나라를 일본에 통째로 넘기는 '한일병합조약'에 서명한 당사자이다. 민족의 반역자로 지탄을 받아 마땅하다. 그러나 500여년 역사의 조선 땅을 이완용이란 일개 개인이 팔아먹었다는 말은 가당치 않다. 한 나라가 무너지는 과정의 이면에는 셀 수 없을 정도의 수많은 원인과 변수들이 깔려 있다. 정치·사회·경제·문화적인 내적 문제에다 외부적 요인까지 복합적으로 뒤엉켜 흥망성쇠의 길을 가는 게 국가의 일생이다. 결국 이완용이란 하나의 인물에 망국의 책임을 씌운다는 것은 그를 속죄양으로 삼아 감상적 한풀이를 하는 데 불과할 뿐이다. 다시 말해 우리는 잘못이 없는데 이완용이나 오적(五賊) 등 몇몇 때문에 나라가 망한 것이라는 안이한 발상으로 망국의 상처를 달래려는 것 아닌가.

조선조 망국의 원인에 대하여 이렇듯 체계적이고 종합적인 분석이나 성찰이 이뤄지지 않고 있는 게 국내 역사학계의 현실이다. '유교망국론', '당쟁론', '사대주의론', '통치엘리트 무능론', '세도정치', '쇄국정치' 등 의견만 분분할 뿐 원인의 실체를 제대로 정리하지 못하고 있다. 우리는 불과 1백년 밖에 안 되는 역사적 사실에 서로 다른 목소리를 내다보니 조선의 멸망 원인은 물론 거기에서 무엇을 배워야 할지, 더 나아가 이를 바탕으로 앞으로 어떤 길을 가야할지 종을 잡지 못하고 혼란에 빠져있다.

성리학과 조선의 잘못된 만남

나는 조선 망국의 요인을 크게 두 가지로 요약하고자 한다. 첫째
는, 지배이데올로기였던 성리학의 탈선으로 생겨난 사회 전반의 구
조적 결함이 고질화하면서 나라 전체가 무력증에 빠지게 된 것이다.
또 다른 원인은 통치엘리트들의 무능과 탐욕에서 비롯된 국정운영의
난맥상이다. 두 가지 요인은 따지고 보면 닭이 먼저냐, 아니면 달걀이
먼저냐는 순환논리의 모순을 안고 있다. 나라의 시스템이 고장 나 지
배 계층이 정상적인 리더십을 발휘하지 못했거나, 리더십의 잘못으
로 시스템에 치명적인 결함이 생겼다고 볼 수 있기 때문이다. 아니면
리더십이나 시스템에 애초부터 문제가 있었는지 모른다.

나는 조선의 망국 요인을 어떻게 보든 그 배경에 근본주의적인 성
리학이 깔려 있다고 주장한다. 성리학의 근원인 유학은 도덕적 신뢰
를 바탕으로 한 관계설정으로 가족과 사회, 나라의 위계질서를 세워
나라의 안정을 도모하는 실용적인 학문이다. 공자는 『논어』의 「자로」
편에서 "넉넉한 식생활(足食), 안정된 군사기반(足兵), 백성들의 신뢰
(民信之)가 정치의 최우선 과제가 되어야 한다"고 강조한다.[8] 백성들
이 잘 먹고 서로 신뢰하고, 이런 최적의 생존환경을 보호하기 위해 군
사력을 중시해야 한다는 공자의 가르침이야말로 국가의 존재이유를
선명하게 전하고 있다.

그런데 어찌된 영문인가? 조선은 공자의 가르침을 맹신하는 유교
국가임에도 백성들은 항상 의식주를 걱정하며 찌들려 살아야 했고,

군사력은 형편없어 인접국들에게 유린당하는 일이 허다했다. 더구나 사회의 신뢰기반은 아예 전무했다고 할 수 있다. 전적으로 국정운영의 책임을 지고 있던 3%의 지배계층은 생사를 건 정권 주도권 싸움에 시간과 정력을 소모하느라고 국가 발전이나 국력의 신장, 국민의 안위와 행복은 안중에 없었다. 그리고 엄격한 신분계급 제도 하에 놓여 있던 97%의 일반 백성들은 통치의 객체로서 자기계발을 하거나 자아의식을 가질 기회를 봉쇄당한 채 노예처럼 수탈과 억압을 받았을 뿐이다. 이런 가운데 사회적 신뢰기반을 기대하는 것 자체가 무리였을 것이다.

조선과 성리학의 만남은 결과적으로 잘못된 것이었다. 더 정확하게 말하면 성리학이 조선에서 근본주의에 묶이면서 나라를 쇠약하게 하는 숱한 폐단을 낳았다고 해야 옳다. 주자(朱子, 본명은 朱熹, 1130~1200)가 들으면 지하에서 통탄할 것이다. 공자의 말씀으로 돌아가자는 그의 이론이 조선 땅에서는 권위주의, 배타주의, 그리고 심각한 근본주의로 흘러 망국의 요인으로 지목되게 되었으니 말이다. 성리학은 주자가 송나라 시절 유학이 자구 해석에 매몰되는 훈고(訓誥)의 학으로 전락해 있음을 개탄하고, 인간중심의 정신을 강조하며 이기이원론(理氣二元論)을 주장해 생겨난 것이다.

국가의 정체성이나 안위에는 무심한 채 오로지 사적 이해에 빠져 있던 통치엘리트들의 탐욕과 무능 또한 근본주의의 소산이란 해석이 가능하다. 조선의 안보는 중국에 달려 있었고, 사대주의는 곧 중국이 제공하는 안보의 우산이었다. 사대주의만 하면 나라 밖 문제는 걱정할 필요가 없었고, 따라서 중국을 군신(君臣)의 관계로 극진히 받들고 의리를 지키는 게 조선 지배층에게는 만고불변의 생존논리였다. 이렇다 보니 상비군 하나 제대로 갖추지 못한 '허약한 나라' 조선이 중국이 무너지면 누구든 넘볼 수 있는 먹잇감이 되고 마는 것은 불문가지였다.

조선은 임진왜란으로 왕조의 통치 질서가 무너지고 사회경제적으로 초토화됨에 따라 진작 망했어야 했다는 소리가 나오기도 한다. 그러나 조선의 지배층은 엄청난 국난을 겪고도 그 의미나 교훈을 깨닫지 못했다. 그들 사이에 중국이 천년만년 대륙의 지배자로 군림하리라는 근거 없는 확신은 여전했고, 결국 정묘호란, 병자호란 같은 또 다른 참극을 당하게 된다. 이들은 중국이 조선을 보호할 능력이 없거나, 보호할 의지가 없는 상황이 되었을 때 생존이 불투명해진다는 사실은 애써 외면하려 했다. 실제 명나라가 원군을 보내지 못해 만주족인 청나라의 태종 앞에서 인조가 치욕적인 항복을 해야 했던 삼전도의 굴욕도 순간적인 공분은 일으켰지만 훗날 국정 운영에 어떤 자극제가 되지 못했다. 이후 밑바닥 백성을 쥐어짜서 3% 지배층의 배를 불리는 가렴주구(苛斂誅求)의 내부지향 부조리는 더욱 심해졌고, 조선의 기력은 날로 쇠잔해져갔다. 그리고 마침내 청일전쟁에서 중국이 일본에 패해 조선의 운명을 의지할 곳이 없게 되자 외치의 개념조차 제대로 이해하지 못했던 지배층은 우왕좌왕하다 나라를 일본에 헌납하고 만 것이다.

나는 망국 원인을 더 자세히 들여다보려고 한다. 성리학적 근본주의는 망국 조선의 불편한 유산으로 남아 지금도 엄존하며 오늘날 사회병리현상의 기저에 자리하고 있다는 게 내 생각이다. 그 적폐들의 치유책을 찾기 위해서라도 조선이 무너진 원인은 진지하게 접근할 필요가 있다고 본다.

'사대와 문치' 이념 만능의 나라

조선의 출발은 신선했다. 14세기 말 썩을 대로 썩은 불교 국가 고려의 혁신이라는 시대적 요구에 부응해 조선은 태어났다. 개혁의 첨병은 바로 유교문화를 선택한 사대부들이었다. 유교는 지금 철지난 보수라고 해서 거들떠보지 않는 사람들이 많지만, 조선 초기에는 우아한 진보로서 당시 획기적인 민본정치의 길을 열어 놓았다. 위화도 회군으로 군사적 실권을 장악한 이성계와 신흥 사대부들은 토지개혁을 단행하고 문란했던 조세제도도 정비하여 억압과 통제만 받았던 백성의 기를 살리기 위한 다양한 법규와 제도를 구상해 내놓았다.

건국의 주역이었던 정도전은 훗날 성종 대에 조선 최고의 법전으로 완성되는 『경국대전(經國大典)』의 기초인 『조선경국전(朝鮮經國典)』을 지어 유교의 가르침에 따라 왕도정치를 펼치는 이상적인 조선을 그려냈다. 이 법전은 중국 주나라의 『주례(周禮)』를 모범으로 삼아 조선의 현실에 맞게 조정한 것이다. 서론에서는 국호 '조선'이 기자조선(箕子朝鮮)을 계승한 것임을 설명하며, 왕위 계승은 장자(長者)나현자(賢者)로 해야 한다는 것, 교서는 문신의 힘을 빌려 높은 수준으로 제작되어야 할 것을 강조한다. 서론 다음의 본론은 치전(治典 : 吏典)·부전(賦典 : 戶典)·예전(禮典)·정전(政典 : 兵典)·헌전(憲典 : 刑典)·공전(工典) 등 6전으로 구성되어 각 전마다 민본정치의 기본 방향을 제시하고 있다.

군현제도와 호적제도를 정비하되 농상(農桑)을 장려하며, 국가 수입을 공정하게 하기 위해 백성의 토지 소유를 균등하게 하고, 병작반수(竝作半收)를 금할 것, 부세(賦稅)를 가벼이 할 것을 강조한다. 교육과 관련해 서민 이상 신분의 교육 참여 기회를 넓히고, 고시제도를 강화해 능력 본위로 인재를 뽑을 것을 강조하는 한편, 관혼상제의 의례는 유교적 의례로 대치하되 특히 물질적 낭비의 폐단을 경계하고 있다. 형벌은 어디까지나 정치의 보조수단이지 정치의 근본이 되어서는 안 되며, 형벌과 법은 도덕정치를 구현하는 예방수단으로 이용되어야 한다는 것을 강조한다. 이와 함께 사치를 금지하고 재정 낭비를 경계할 것, 백성을 지나치게 부려 피로하게 하지 말 것을 역설하고 있다.

순자(荀子)는 "임금은 배이고 서민은 물이다. 물은 배를 띄우기도 하고 배를 엎기도 한다"고 했다. 지도자와 백성의 관계를 적절하게 비유한 말이다. 정도전은 민심을 잡아 조선의 통치기반을 탄탄하게 다지고자 한 것 같다. 민본정치를『조선경국전』의 기조로 삼은 그의 혜안은 높게 평가할만하다. 조선이 이 법전에 따라 왕과 신하들이 머리를 맞대고 백성의 삶과 안위를 논의하고 걱정하는 나라로 대대손손 펼쳐졌더라면 망국의 운명을 피할 수 있지 않았을까?

그러나 조선은 철저히 거꾸로 갔다. 조선조는 건국 초기 당시로서는 거의 완벽하다고 할 만한 『경국대전』을 제정해놓고도 지키지 않았다. 왕자의 난으로 장자 중심의 왕위계승 원칙이 무너진 이래, 당대의 실력자들 앞에서 『경국대전』의 법통은 유명무실해지고 말았다. 결국 군신 간에는 물론 신하 서로 간에도 정치질서에 관한 불신 풍조가 만연했고, 통치의 객체인 백성에게 법은 그들을 보호하는 게 아니라 귀에 걸면 귀걸이, 코에 걸면 코걸이 식으로 수탈과 억압의 도구로 악용되었다. 때문에 법은 위아래 모두에게 믿음을 주지 못하는 허울 좋은 것에 불과했다. 조선은 결국 민이 관을 믿을 수 없고, 관도 민을 믿을 수 없는 불신 사회가 될 수밖에 없었다. 그런 공동체 사회가 국가로서 기능을 발휘할 수 없게 되는 것은 사필귀정일 것이다. 조선의 불행은 위가 아래를 억압·수탈하는 착취구조가 고착해가고, 이에 따라 나라의 구성원들 사이에 정체성을 공유하지 못하는 응집력 부재의 불신 사회가 펼쳐지면서 시작되었다.

사대주의는 그런 부조리를 탄탄하게 받쳐주는 외치의 보호막이었고, 문치주의는 양반 사대부가 자신들만의 세상을 꾸리는 데 필요한 내치의 도구였다. 두 이념은 사회의 제도나 질서는 물론 지배층과 피지배층의 관계에 깊숙이 스며들어 이전 시대에는 없었던 조선 특유의 관습과 사고방식, 행동양식을 결정했다는 게 내 생각이다. 사대(事大)와 문치(文治)가 한 치도 훼손되어서는 안 되는 근본주의의 도그마로서 조선사회의 쇠락에 미친 영향을 살펴보자.

사대주의의 실리와 한계

조선의 외교정책은 명나라를 섬기고 일본, 여진과는 우호협력관계를 추구하는 사대교린(事大交隣)을 근본으로 삼았다. 한국은 한족(漢族)의 나라인 송나라나 명나라와는 친하게 지내고 심복하면서도 북방민족(거란, 요, 여진)과 왜에 대해서는 우월감을 가지고 있었다. 사대와 교린정책은 이런 발상에서 나온 것이다.

사대주의는 큰 나라나 세력권에 의지하여 존립을 유지하고자 하는 외교술, 즉 중국 문명권에 편입되어 평화를 유지하는 정책이다. 조선은 사대정책을 통해 안보에 대한 부담을 덜면서 생존을 도모하고자 했다.

그러나 사대주의는 공짜가 아니었다. 사대주의가 작동되려면 중국황제가 주변국 군주에게 작위를 주어 그 지역을 다스리도록 허락하는 책봉체제에 들어가야 한다. 주변국이 책봉체제에 편입되면 중국의 연호를 사용하고 주요 국정은 중국의 의견을 따라야 해, 중국을 섬기는 군신(君臣)관계가 성립된다. 그 대가로 중국은 책봉된 주변국이 외적의 침략을 받았을 때 보호해주는 책임을 지게 된다.

우리 사회 일각에서는 조선이 사대주의를 포기하고 중국과 사생결단을 냈어야 한다는 의견이 있는 것으로 알고 있다. 그러나 중국과 이웃한 나라들 중에서 중국과 맞서면서 민족의 독자성을 유지한 나라는 없었다. 실크로드를 따라 찬란한 문명을 구가했던 중앙아시아 국가들, 북방 유목민족, 몽골족과 여진족, 만주족 등 쟁쟁한 국가와 민족들이 중국과 쟁패를 벌이다 흔적도 없이 사라졌다. 조선의 지도부는 블랙홀이나 다름없는 중국과 맞서 싸우는 모험보다는 생존을 위해 현실과 타협했던 것이다. 조선이 국가로서 입신할만한 역량을 상실했던 임진왜란 이후에도 300년가량 버틴 것이 사대주의 덕분이라는 역설적인 설명 역시 얼마든지 가능하다.

문제는 사대주의가 단순한 생존논리를 넘어 민족 모두를 모화사상(慕華思想)에 빠트리며 이념으로 변질시킨 근본주의로 흘렀다는 점이다. 모화사상이란 중국은 문명국이며 우리나라는 주변국으로서 중국문화를 흠모하는 것을 말한다. 여기에서 소중화(小中華) 사상이 생겨났다. 조선은 건국과 더불어 성리학을 받아들이면서 중국의 문화적 우월성을 주장하는 화이관(華夷觀)을 표방했다. 화(華)는 문화민족이요, 이(夷)는 오랑캐라는 뜻이다. 중국은 우리 민족을 중국 못지않은 문화민족으로 인식했는데 우리는 그것을 자랑스럽게 여기고 스스로 소중화(小中華)라 칭했다. 작은 중국이라는 뜻이다. 17세기 조선이 오랑캐로 여기던 만주족이 청나라를 세워 명나라를 멸망시키자, 조선의 선비들은 조선만이 유일한 문명국, 즉 화(華)로 남았다며 민족의 정체성과 자부심의 근거로 삼기도 했다.

따라서 일반 백성은 말할 것도 없고 지배층에게조차 조선이란 나라의 정체성 개념이 없었다. 당시 선비들의 최고 목표는 중국인과 같은 사람이 되는 것이었다. 중국은 군주의 나라이고, 조선은 맹종해야 하는 신하의 나라였을 뿐이다. 따라서 우리의 역사는 온존한 역사가 아니었고, 중국의 역사를 아는 것이 중요했다. 사서삼경을 열심히 암

송한 이유는 오로지 소중화를 유지해야 한다는 일념에서였다. 광해군 시절 후금(훗날 청나라)이 명나라의 목줄을 조여 가며 사실상 대륙의 패자로 떠오르고 있는데도 조선의 조정에서는 예나 다름없이 친명배금(親明排金)을 외쳐댔다. 설사 나라가 무너진다 해도 명나라에 대한 사대의 대의는 버리지 않겠다는 일념에서였다. 결국 청 태종 앞에서 인조가 겪었던 삼전도의 굴욕으로 참화를 당하고도, 명에 대한 의리를 내세우며 청나라와 싸워야 한다고 주장했던 척화파가 득세한 것은 '신하의 나라' 조선에서 얼마든지 가능한 일이었다. 나라가 개혁 · 개방의 압력에 밀려 백척간두에 놓여 있던 구한말에도 마찬가지였다. 전국 도처의 유림들은 오랑캐로 여겼던 서구 열강과 일본이 몰려오자 시대를 거슬러 소중화를 지키겠다며 위정척사운동(衛正斥邪運動)으로 맞섰던 것이다.

국방 개념 상실한 소중화(小中華)

사대주의의 결정적인 폐단은 국가 자주의식을 상실케 한 것이었다. 조선사회에는 안보의 개념은 아예 없었다고 보아도 무리가 없을 듯하다. 중국이 아시아 질서를 이끄는 초강대국이라서 조선은 중국의 군사적 지원을 받을 수 있는 한 안전한 나라였다. 자연스럽게 군사력을 키워야할 의지나 필요성을 절감하지 못했고, 자주국방 의식을 절실하게 가질 이유도 없었다.

신라의 화랑도나 고구려의 경당(扃堂)⁹⁾은 무사집단을 키우는 제도였다. 고구려가 중국의 수나라나 당나라와 전쟁을 벌일 때, 신라가 삼국통일 전쟁을 수행할 때, 고려의 무인정권 시대에는 무치(武治)주의가 만개했다. 반면에 조선은 나라를 지킬 군대가 없는 나라였다. 경제력 또한 문제였다. 한 나라가 생존하려면 당연히 스스로 나라를 지킬 수 있는 적절한 군사력을 유지해야 한다. 이를 위해서는 군대를 훈련시키고 무장시키는 데 필요한 경제력이 뒷받침되어야 한다. 그러나 조선의 경제력은 빈약하기 짝이 없었다.

임진왜란 당시 조선왕조의 세입은 60만 석에 불과했다. 그런데 원군으로 온 명나라 군대 4만 5천 명의 1년 군량미만 해도 무려 48만 6천 석이었다. 당시 조선의 군량미 공급능력은 1만 명분이 고작이었다. 『징비록』의 저자 류성룡은 "참으로 오늘의 걱정은 군사 없는데 있지 않고 식량 없는데 있다"고 한탄했다. "아, 곡식 1만 석만 있다면", "적게나마 수천 석이라도 있다면" 했던 류성룡의 한탄은 당시 조선의 취약한 경제력을 말해주고 있다. 조선은 1860년 경복궁 하나를 중수하고 재정적으로 파산상태가 될 만큼 경제력이 취약했다.

조선의 주력산업은 농업이었다. 한반도 인구는 조선 초기에 500여만 명, 후기에는 700만 명 정도에 불과했다. 노동집약적인 농업을 영위하기에 그리 넉넉한 인구는 아니다. 게다가 국토의 3분의 2가 산지라서 농토 면적이 적고 토양은 척박했다.

강수량은 쌀농사를 짓기에 비교적 충분한 편이지만, 1년 내내 가물다가 7~8월에 집중적으로 폭우가 쏟아지는 특성이 있다. 이런 고질적인 기후 요인 때문에 매년 한해(旱害)와 수해(水害)가 반복되면서 만성적인 흉년을 겪어야 했다.[10] 농업에는 도무지 적합하지 않은 여건이었던 것이다.

게다가 뿌리 깊은 유교의 영향으로 사농공상의 신분질서가 사회 곳곳에 깊게 뿌리내려 상공업 종사자나 기술자, 장인(匠人)을 멸시 천대했다. 수공업은 신분이 천한 계급에게 맡겨졌고, 장인들은 사회적 예우는커녕 일반 백성보다 더 가혹한 수탈과 착취의 대상이 되었기에 이들의 훌륭한 기술이 후대에 전달되지 못하고 대가 끊기곤 했다. 따라서 농업 이외의 산업이 발전하지 못해 국가 재정이 극도로 궁핍해졌다. 이런 경제 사정은 망국의 순간까지 나아지지 않았다. 19세기 말 중국 청나라 궁정의 1년 예산이 1억 냥, 일본 정부도 비슷한 1억 냥 정도였을 때 조선의 1년 예산은 30만 냥에 불과했다. 예산 규모로 따지면 조선의 국력은 중국과 일본의 300분의 1에 불과했다.[11]

국가나 백성이 다 같이 가난하고, 극소수의 양반 지배층만 부유했던 조선은 근검절약을 미덕으로 선전했고, 부유한 삶보다는 청빈(淸貧)을 고귀한 가치로 칭송했다. 국가 재정이 빈약하다 보니 정규군을 양성하지 못하고 정권 안보를 위해 불과 수천 명 규모의 왕실 숙위군(宿衛軍)을 유지한 것이 군사력의 현실이었다.

나라를 지켜야 할 군대가 없으니 외적이 침입하면 청야전(淸野戰)이라 하여 집과 양식을 불태운 다음 산성이나 섬으로 후퇴하고 의병들이 여기저기서 궐기하여 소규모 게릴라전을 펼쳤다. 외적의 침입이나 나라에 변고가 생기면 중국에 원병을 요청하여 위기를 모면했다. 임진왜란 때 명나라에 원병을 요청했고, 소규모 군대가 반란을 일으켰던 임오군란이나 죽창과 활로 무장한 농민운동인 동학란 때에는 청나라의 군대를 불러들였다.

임진왜란의 초기 상황을 살펴보자. 조선에는 군대다운 군대가 없었다. 조선 군대는 왜군을 보기가 무섭게 도망갔다. 정보체계도 엉망이었다. 부산이 함락된 지 나흘만에야 선조가 왜군의 침략 사실을 보고받을 정도였다. 보고를 받고 나서 한양에서 군대를 모집했지만 겨우 300명밖에 모을 수 없었다. 수도가 점령당하는 데 20일도 걸리지 않았다. 조선군은 전투할 의지도 능력도 없었기 때문에 그 사이 전투다운 전투도 없었다. 왜군은 피 한 방울 흘리지 않고 한양, 개성, 평양으로 달려갈 수 있었던 것이다. 그런 점에서 보면, 이순신 장군이 해군을 길러 연전연승할 수 있었던 것은 놀라운 일이다.

중국의 우산 아래 놓여있던 조선은 군사적으로 일개 국가라고 말하기에는 민망할 정도의 허약한 나라였다. 청나라가 아편전쟁(1840~1842년)에서 패해 종이호랑이로 전락한 이후 약육강식의 세계 질서에서 조선은 누구나 차지할 수 있었다. 마침내 청일전쟁에서 중국이 일본에 패하자 조선은 자신의 운명을 의지할 곳이 사라지게 되었던 것이다. 사대주의를 이념으로 떠받들며 맹신하고 실천했던 조선 근본주의의 허망한 귀결이었다.

안보 불감증의 문존무비 사회

사대와 문치주의에 젖어 군대를 천시하는 사상이 보편화되면서 문존무비(文尊武卑)의 풍조가 생겨나는 것은 자연스런 현상이었다. 양반 지배층에게 병(兵)은 곧 흉한 것, 또는 나쁜 흉기로 덕(德)에 역행하는 것이라는 의식이 지배적이었다. 이들 사이에 안보불감증이 만연하게 된 것은 당연했다.

조선의 권력을 독점한 문인 사대부들이 무인(武人)들을 천대하면서 상무정신은 크게 쇠퇴했다. 한반도는 유사 이래 기마민족의 후예들이 지켜온 땅이다. 그런데 조선 사회를 이끌어야 할 사대부들이 말을 타지 못하거나 말을 타는 일을 상스럽게 여겼을 정도이니 이들에게 강병(强兵)이란 개념이 머리에 있을 리 없었다. 자연스레 무인들의 사회적 지위가 떨어져 우수 인재들이 기피하는 바람에 군대다운 군대를 육성하기도 어려웠다.

군사력을 키우려면 막대한 재정을 투입해야 한다. 조선은 양반 관료 중심의 지주와 일반 백성의 소작 관계로 이루어진 신분사회였다. 양반 지주의 땅에 소작을 붙여 사는 백성들은 입에 풀칠만 할 정도로 가난해 담세능력이 현저히 부족했다. 따라서 국가 상비군을 유지하려면 여력이 있는 양반 지주들이 세금을 많이 부담해야 했다. 조선의 사대부들은 안보는 중국에 의지하면 충분하다고 믿었기 때문에 자신들이 비용부담을 해가면서까지 군대를 육성해야 할 필요성을 느끼지 못했다.

문무의 균형이 깨져 안보상황이 만성적으로 취약했음에도 불과 얼마 전까지 문존무비의 가치관이 우리사회를 지배했다. 지금은 산업화와 함께 국가의 성장 동력을 중시하다 보니 달라졌지만, 한때 산업현장의 최고경영자는 거의 문과출신이었다. 어느 조직이든 문과 계열의 전공자가 정상의 자리에 오르고, 이과출신은 상대적으로 인사상 불이익을 받는 경우가 허다했다. 한창 산업화를 추진할 당시에도 법학이나 경제학, 정치학을 전공한 관료들이 경제개발계획을 지휘하는 문민우위의 행정체제가 유지된 바 있다. 이런 사회적 분위기 때문에 박정희가 쿠데타를 일으키기 전까지는 군인이 집권한다는 것을 상상조차 할 수 없었다. 한국 현대사에서 박정희·전두환 군사정권은 지극히 예외적인 시기였던 셈이다.[12]

　문민우위·무인멸시의 풍조는 군인출신이 득세했던 군사정권시절에는 어느 정도 희석되었지만 국민들에게 여전히 왜곡된 안보관을 갖게 했다. 사회 지도층일수록 병역의무 이행률이 현저히 낮고, 고위층이나 재력가 가문은 수단과 방법을 가리지 않고 병역을 기피하려들어 논란이 되고 있다. 돈 없고 백 없는 사람이나 군대에서 푹 썩다 온다는 피해의식이 사회전반에 퍼져있기도 하다. 어떤 대통령의 입에서는 군 복무가 시간을 죽이는 것이라고 말까지 나왔다. 위나 아래나 그만큼 안보를 경시하고 소홀히 하고 있다는 방증이다.

　청나라 군대가 국토를 초토화하며 목전에 다가왔는데도 척화파와 주화파가 싸우느라 정신이 없었던 조선의 모습은 오늘날에도 그대로 재연되고 있다. 북한이 핵실험을 해도, 연평도에 포격을 가해도, 천안함을 침몰시켜도 별로 놀라지 않는다. 국민 다수가 설마하며 별 탈이 없을 것이라는 안이함에 빠져 있다. 위기를 위기로 보지 않는 것이다. 더 나아가 한 목소리로 뜻을 모으고 힘을 합쳐야 하는 상황임에도 음모론이 난무하고 정부를 비난하며 국론 분열을 부추기는 어처구니없는 일이 벌어지곤 한다. 국민 생활을 좌우하는 안보가 사회의 갈등이나 정쟁거리가 되는 나라는 아마 대한민국 말고 흔치 않을 것이다.

빗장 걸어 잠근 자폐형 쇄국주의

고대 이래 한반도의 우리 선조들은 개방적이고 진취적이었다. 중국 곳곳에 설치된 신라방과 백제방의 존재, 고구려가 바다 건너 왜(倭)와 교류한 흔적 등을 보면 오래 전부터 개방적인 사고를 가졌음을 알 수 있다. 홍일식은 "우리 문화가 불교문화를 받아들여서 우리 샤머니즘의 살을 찌우게 하고, 유교를 받아들여 유교의 옷을 입히고, 다시 근대에 기독교 문화를 받아들여 그것으로 곱게 화장을 했다"고 말한다. 그는 그러면서 "바깥세상의 보편주의를 빨리 수용하는 주특기에 고유한 토착문화를 접목시키는 그런 재주가 있었기 때문"이라고 설명한다.[13] 적어도 조선조 이전의 민족사를 돌이켜 보면 우리 민족이 유구한 전통과 문화를 지켜온 이면에는 과감한 개방성과 수용성이 있었던 것은 분명하다. 외래의 문물과 부단히 접촉하며 좋고 바람직한 것은 수용하고 혼합하여 새로운 우리의 것으로 탄생시키는 남다른 특질을 발휘했던 것이다.

조선에서는 우리 선조들의 이런 특질이 왜 사라진 것일까? 앞서 언급한 대로 조선 초기만 해도 외부와의 문물교류는 어느 정도 활발하게 이뤄진 것으로 전해진다. 세종 때 과학기술이 꽃을 피우고 포탄 제조 기술이 뛰어나 왜구 등의 침략을 일거에 격퇴할 수 있었던 것은 나름 개방의 결과물로 여겨진다. 그러나 조선은 명나라의 해금(海禁) 정책 실시로 나라의 빗장을 굳게 닫고 대외교류를 차단한 채 폐쇄국가의 길로 들어간다. 명나라는 영락제 때 환관 출신 정화(鄭和, 1371~1434년)의 함대를 동남아, 인도, 아라비아 반도, 아프리카로 보내 바다의 실크로드를 여는 대원정을 단행했다. 당시 영락제가 해상패권까지 노렸다는 설이 있는데, 그 때만 해도 명나라는 개방주의를 지향했던 것 같다.

하지만 명은 이후 해금정책으로 전환해 조선과 일본 등 이웃 나라들에게 해상활동을 금지하도록 했다. 신하의 나라인 조선은 동해안, 서해안, 남해안의 섬에 살고 있던 백성들을 모두 육지로 이주시키는 공도(空島) 정책으로 명나라의 명령을 성실히 이행하며 쇄국을 시작했다. 물론 조선 조정은 왜구로부터 해안을 방어하고 백성을 보호한다는 구실을 댔다. 공인된 조공선 이외에는 해상 활동을 금지시켜 모험적 항해라든가 탐험, 외국과의 교역은 국법질서에 어긋나는 행위로 규정했다. 특히 조선 말기에는 쇄국정책을 엄격하게 시행하여 국법으로 외국과의 문물 교류는 물론 인적 교류까지 금지시켰다. 이로써 급변하는 세계정세에서 소외되고 격리된 낙후 국가로 전락할 수밖에 없었다. 그 결과 우리 민족은 해양자원을 이용하지 못했고, 해외 개척과 같은 모험적이고 진취적인 국민 정서를 상실하고 말았다. 사람과 물자와 지식과 정보의 왕래가 차단된 '닫힌 사회'는 필연적으로 쇠퇴·붕괴한다는 것이 역사의 교훈이다. 반면 일본은 명나라를 치겠다며 조선 땅을 열어놓으라는 당돌한 요구를 하며 임진왜란을 일으켜 해금정책에 정면 도전하고 나섰다. 섬나라인 일본에게 해상활동을 포기하라는 것은 죽으라는 이야기나 마찬가지였다. 일본 역시 중국에 조공을 받치는 나라였으나 조선과는 달리 반발할 때는 반발하는 오기를 부릴 수 있었다. 도쿠가와 막부 체제도 전후 쇄국정책을 실시했지만 나가사키를 비롯한 몇몇 도시는 개방해 서구의 문물을 받아들일 길을 열어놓았다. 일본은 임진왜란을 끝내고 조선을 떠나면서 다시 돌아오겠다고 공언했다. 그때의 역사를 잊지 않고 이후 300년 동안 차곡차곡 국력을 쌓아 조선을 식민지로 만들었다. 조선과 일본은 명나라의 쇄국 지시를 받고도 서로 다른 길을 걸었다. 그 차이로 일본은 동아시아의 강자로 군림했고, 조선은 역사에서 사라지는 비운을 겪어야 했다.

'약소국' 재촉한 사농공상 신분질서

내가 근본주의를 문제 삼다 보니 조선을 지배한 성리학을 너무 부정적으로 보고 있는 것은 아닌지 모르겠다. 그렇지는 않다고 생각한다. 성리학이 조선사회의 발달에 기여한 바를 따져보면 한두 가지가 아닐 것이다. 실제 도덕주의, 가족주의, 엄격한 위계질서 등으로 사회를 안정시킨 긍정적 측면이 적지 않았다. 특히 선비는 누구나 노력하면 성인(聖人)이 될 수 있다고 가르치며 교육을 중시했던[14] 문치주의가 당대 아시아 최고 수준의 문명사회를 이룩하는 데 기여했던 것은 부인하지 못할 사실이다.

그러나 문치주의가 거꾸로 만만치 않은 폐해를 남겼다는 게 내 생각이다. 조선의 양반 사대부들은 춘추필법을 구사하며 대의명분을 논하는 데에 능숙했다. 반면 백성을 배불리 먹이고 나라를 부강하게 만드는 일에는 관심이 없었다. 더구나 사농공상(士農工商)의 신분제는 엄격할 위계질서로 사회를 안정시키는 효율적인 장치였으나, 조선을 무력증에 빠트리는 요인이기도 했다. 농민은 농민대로 상인은 상인대로 각자의 본분을 다한다면 백성과 나라가 얼마든지 풍요로워지고 힘을 기를 수 있었을 것이다. 성리학적 합리주의가 사농공상이 각각 본분을 다하는 것 아니었던가? 하지만 신분 간에는 넘지 못할 칸막이가 놓이고, 그 칸막이는 사대부들의 여타 신분에 대한 억압과 착취 수단으로 악용되었던 것이다. 조선은 시대적 과제가 등장할 때마다 번번이 대응할 기회를 놓쳐 근대국가로 가지 못하고 사라지게 되었다. 그 배경에는 이렇듯 신분을 엄격하게 갈라놓고 오로지 양반 귀족의 이해에 충실했던 문치 중시의 근본주의가 깔려 있었다.

조선의 지배계급인 양반은 유교 경전 암송을 통해 관리가 되는 것을 최고의 가치로 여겼다. 양반 선비들은 청빈과 안빈낙도를 수신(修

身)의 기본으로 삼았지만, 과거시험으로 선발된 양반 관료들은 많은 노비와 광대한 토지를 소유한 대지주이자 군역(軍役)의 면제는 물론 세금도 내지 않는 특권 계급이 되었다. 그들은 토지에서 나오는 재력을 바탕으로 지식과 권력, 경제력을 독점했다. 이러한 토지 소유는 대대로 세습됨으로써 국가의 재정수입이 줄어들어 국가는 날이 갈수록 가난해졌다.

조선은 농업을 국가경제의 기본으로 삼는 농본(農本)주의였고, 인구의 절대 다수는 농민이었다. 그러나 '농자천하지대본(農者天下之大本)'이라는 슬로건과는 달리 생산의 주체세력인 농민은 양반 지주들의 전횡과 착취의 대상이었기에 농업 생산성은 정체 상태를 면치 못했다.

백성들은 납세와 군역, 노역(勞役) 등 과중한 부담에 시달렸다. 소수 양반 지배층이 다수 백성들을 수탈하는 구조 하에서 백성들이 가지고 있는 잠재력이 발휘되지 못했고, 교육을 통한 신분상승의 기회도 주어지지 않았다. 엄격한 신분구조 하에서 양반이 아닌 중인(中人), 서얼(庶孼·서자), 상민(평민), 천민계급 등 다른 계급 사람들의 협력을 통한 사회통합이나 국력 신장의 시너지도 기대하기 어려웠다.

임진왜란 당시 일본군은 우수한 조선 도공(陶工)들을 포로로 잡아갔는데, 도공들은 포로 교환 때 한 사람도 고국으로 돌아오지 않았다. 도공들은 조선에서는 천민으로 모진 박해와 각종 노역에 시달렸으나, 일본인들은 그들을 장인으로 예우하여 그들이 가진 재능을 활짝 꽃피우도록 기회를 제공했기 때문이다. 도공들은 일본에서 세계 최고 수준의 도자기 산업을 일으켰다. 네덜란드 동인도회사가 조선에서 포로로 끌려간 도공의 후예들이 만든 일본 도자기를 구입해 유럽에 판매하여 일본과 네덜란드는 막대한 부를 축적했다. 이 와중에 네덜란드를 통해 일본에 서구 문물과 학문이 전해져 근대화의 불씨가 일찍이 지펴지는 계기가 되었다. 조선이 사농공상의 경직된 신분질서로 인해 부를 창출하는 데 실패한 원인을 명확하게 보여주는 사례다.

중세에서 근대로 가는 과정에서 세계 어느 나라든 신분제 사회였다. 서양에서는 봉건 영주에 매여 있던 농노 그룹에서 부르주와 계급이 나와 귀족들에 대항하며 시민사회를 만들어 냈다. 신분제가 사회를 진화시키는 역할을 톡톡히 한 것이다. 하지만 조선의 신분제는 나라의 경쟁력을 떨어뜨리는 역기능을 하고 말았다. 권력만 잡으면 부와 명예를 독차지하는 사대부 양반들의 생존방식에 따라 나머지 농상공의 신분은 철저히 그들의 욕구를 충족시키는 역할에 그쳤기 때문이다. 따라서 극소수의 양반만 사람 구실을 했을 뿐 대다수 백성 개인의 개성이나 자기 계발의 기회가 철저히 무시되어 착취대상으로 전락해야 했다. 결국 성리학적 근본주의의 산물인 신분제는 수많은 백성들의 능력을 사장시켜 조선의 부국강병을 요원하게 했다고 할 수 있다.

이념 독재에 취한 '우물 안 개구리들'

조선은 16세기 사림파가 등장하면서 이념 중심의 근본주의 사회가 뿌리를 내려 빠르게 동력을 잃어갔다. 사림은 15세기 중반까지 조정의 사대부들을 가리키는 말이었다. 이후 재야의 지식인을 포괄하는 지칭으로 확장되면서 소과 합격자인 생원과 진사들이 중심을 이루며, 기성 관료집단인 훈구파와 대립하는 정치세력으로 성장한다. 훈구파와 사림파의 충돌로 여러 차례 사화가 벌어지고, 이 과정에서 정치적 이해관계에 따라 이합집산이 되풀이되면서 붕당이 발생한다.

망조(亡兆)의 서곡 '붕당정치'

붕당의 싸움이 명분과 예법을 중시한 주자학의 이념을 도구로 펼쳐졌고, 그 결과 조선사회가 역동성과 창의성을 상실한 채 문약(文弱)의 길로 갈 수밖에 없게 되었음은 앞에서 논의한 바 있다. 문제는 주자학의 창시자인 주희(朱熹)의 사상을 제외한 어느 것도 인정해서는 안 된다는 이념의 독재까지 생겨나, 배타주의, 족벌주의, 전례주의, 권위주의가 판을 치며, 이런 현상이 정치현실과 배합되어 한층 심각한 근본주의로 치달았다는 사실이다.[15] 주자를 모독했다는 이유로 목숨을 잃기까지 할 정도였으니 그 심각성을 충분히 헤아릴 수 있을 것이다.

세 치 혀와 붓으로 벌이는 권력투쟁에서는 총칼로 승패를 명확하게 가려내는 것과는 달리 절대 우위의 권력자가 등장하기 어렵다. 이럴 때 국왕이 절대 권력자 역할을 해야 하는데, 현실은 그렇지 못했다. 조선은 강력한 중앙집권적 권력을 바탕으로 탄생했지만 내내 왕권은 취약했고 국가의 재정은 부실했다. 따라서 군사력을 기를 수 없었던 것은 말할 필요도 없다. 더구나 연산군을 몰아내고 중종을 옹립한 후 세도가들은 자신들의 권한(臣權)을 강화함으로써 왕권은 견제 차원을 넘어 제약을 받기까지 했다.

이 후의 조선은 양반 사대부 가문을 중심으로 신권은 막강해지고 왕권은 약해지는, 전형적인 군약신강(君弱臣强)의 정치 구조에 놓이게 되었다. 그래서 왕실과 세도가들의 정치적 결탁에 의해 정상 절차로는 도저히 왕이 되기 힘든 인물이 왕위에 오르는 일이 허다했다. 정통성에 문제가 있는 왕들에게 권력을 둘러싼 갈등과 이해의 조정을 기대하기는 어려웠을 것이다. 사정이 이렇다 보니 걸핏하면 파당이 갈려 당쟁을 벌이는 게 일상사가 되다시피 했다. 이성무는 조선 중기까지 빛나는 과학기술문명을 꽃피웠던 조선이 쇠퇴하게 된 원인을 당쟁에서 찾는다. 사대부 양반 중심의 중앙집권체제 강화는 권력의 집중을 초래했고, 그 결과 당쟁과 세도정치를 격화시켰다는 것이다.[16]

당쟁을 마냥 부정적으로 보아서는 안 된다고 주장하는 사람들도 있다. 권력투쟁을 칼과 창 같은 살벌한 무력이 아니라 이론적인 논쟁을 통해 수행한 것은 수준 높은 정치문화라는 평을 하기도 한다.[17] 또한 성호 이익(李瀷)은 조선 중기로 접어들면서 과거의 잦은 실시로 관직 후보자가 많아진 데 반해 관직 자리에는 한계가 있어 경쟁이 심해지다 보니 당쟁이 일어날 수밖에 없었다고 주장한 바 있다.[18] 사실 일본 사학자들이 조선인에게는 당파싸움을 좋아하는 특이한 피가 흐른다며 조선의 정치문화를 비하하면서 당쟁이란 용어를 사용해 그 폐해가 침소봉대되었다는 견해도 있다.[19]

나름 다 일리가 있는 이야기들이겠지만 당쟁의 부정적 측면은 실로 엄청났다는 게 내 생각이다. 당쟁은 학연(學緣), 지연(地緣), 혈연(血緣)을 중심으로 패거리(붕당)를 형성하여 권력투쟁을 벌이는 행위다. 문제는 붕당들이 민생이나 부국강병 같은 정책이 아니라 거의 대부분 개인 또는 파당의 이해가 걸린 명분을 놓고 다툰 데 있다. 현종 때의 두 차례에 걸친 예송(禮訟)논쟁(1659년, 1674년)은 적나라한 사례이다. 선왕인 효종과 왕비의 사후, 대비가 상복을 입는 기간을 1년으로 할지 3년으로 할지를 놓고 당파가 맞서며 권력쟁탈전을 벌인 것이다. 당시 전 세계에 걸친 이상 기후로 한발과 장마가 장기간 겹쳐 발생하면서 도처에서 기근을 견디지 못한 백성들의 시체가 쌓여갔다고 조선왕조실록은 전하고 있다. 백성은 배고픔과 추위를 견디다 못해 쓰러지고 있는데 한가하게 예(禮)의 시시비비를 가리는 싸움에 혈안이 되어 당쟁을 벌인 지배세력들을 어떻게 설명해야 할 것인가. 조선의 이런 당쟁은 비일비재했다.

이런 상황에서 조선의 지배층이 국정 운영을 정상적으로 했으리라고 기대하기 어렵다. 앞서 논의한 성리학 탈선으로 인한 폐해를 재차 떠올리면 오랜 동안 차곡차곡 폐습을 쌓아가며 그 속에서 무사안일에 빠져 안주하는 특권 집단을 쉽게 그려볼 수 있을 것이다. 그들은 당파에 가담해 만들어 권력만 장악하면 돈과 명예가 저절로 굴러 온다는 권력지상주의에 빠져 있었다. 그래서 내치든 외치든 어떤 결과가 나와도 그리 중요하지 않았다. 조선 후기로 가면서 나라의 생산력이 떨어져 민생이 어려워지고 있던 현실은 그들의 관심사가 아니었다. 오로지 자당(自黨) 이기주의만 살 길이었다. 따라서 정책을 만들고 집행하는 행정 능력은 전무했다고 할 수 있다. 이로 인한 국정의 혼란은 이루 말할 수 없었을 것이다.

간간이 국정 운영의 난맥상을 잡아보려는 충신이나 관료형 신하들이 나타나기는 했다. 또 어느 시대든 그 당시의 지배 스타일은 시대상을 드러낸다는 점에서 마냥 폄훼하고 비난할 수는 없는 일이다. 그러나 기나긴 당쟁을 세도정치로 이어가며 국력을 쇠락하게 만든 책임에서 조선의 지배층은 벗어날 수 없다. 그만큼 그들은 내치나 외치에서 무능했고, 조선이 일본의 식민지로 넘어가는 과정에서 그 실상을 고스란히 드러내고 말았다.

조선의 지배층에게 소중화(小中華) 의식은 이념의 순결이나 마찬가지였다. 그들은 공자를 섬기고 이미 망한 주희의 나라 송나라까지 섬겼을 정도이다. 망해가는 명나라에게 의리를 지키려했다가 청나라에 당한 수모는 또 어떠한가. 사대주의의 위력이 영원하리라 믿었던 이들이 세계사적인 변화는 알 필요도 없고, 알 이유도 없었다. 조선의 지배층은 다가올 파란의 국제 질서에서 별 쓸모없는 '우물 안 개구리'였다.

대쪽 명분론, 목숨 건 선명성 투쟁

유교적 명분론은 피아의 구분을 명확히 할 뿐만 아니라 강도 높은 선명성을 요구했다. 하늘이 두 쪽 나도 외골수로 올곧은 길을 가야만 '대쪽' 선비로 대접을 받는 근본주의였다. 이런 풍토에서는 화합과 상생, 타협을 주장하면 정의롭지 못한 야합으로 사회적 지탄을 받는다. 성리학자들은 자기가 믿고 따르는 학설만을 옳다고 주장하며, 자기와 파가 다른 사람의 해석은 설사 그 내용이 비슷해도 용납하지 않고 사문난적(斯文亂賊)으로 몰아 죽이거나 탄압했다. 근본주의에 빠져 오로지 적과 동지를 구분하는데 분주하며 권력을 잡는 데 급급했던 것은 임진왜란, 병자호란은 물론 구한말 나라의 운명이 위태로웠을 때도 변함없었다.

당쟁에서 승리하면 자신이 속한 당파와 가문과 친족들은 부귀영화를 누리지만, 패하면 역적으로 몰려 멸문지화를 당했기 때문에 극한 투쟁에 매달릴 수밖에 없었다. 결국 노론 천하 2백년이 조선을 망쳤다는 말이 나오는 것은 당쟁의 폐해를 단적으로 드러낸다. 사당(私黨)이나 다름없는 당파들이 상대 당파와의 명분 싸움에서 승리해 모든 것을 차지하고 상대는 모든 것을 잃게 되는 이런 싸움에서 나라의 기력은 쇠잔해질 수밖에 없다. 당파는 항상 대안세력으로 존재해야 하나 패배하면 권력의 무대에서 쫓겨나게 되고, 결국 인재의 풀(pool)은 좁아지게 된다. 당쟁이 벌어질 때마다 숱한 인재들이 사라지는데 이런 나라가 언젠가는 망하리라는 것은 필연일 수밖에 없다.

조선을 지배한 유교사상은 외형적으로는 도덕적 자기완성과 실천을 통해 국가를 통치하고 사회를 안정시키는 덕치(德治)를 표방했다. 하지만 실제로는 파당이 명분론을 중심으로 권력투쟁을 벌이면서 상대세력을 몰아내기 위해 사용한 도구나 다름없었다. 그래서 법치라는 문화가 뿌리내릴 기회가 없었다. 이런 사회 분위기로 인해 요즘도 "법대로 하자"는 말은 실제로는 "이제 끝장을 보자"는 뜻으로 해석된다.[20]

이러한 양상은 오늘날 진영논리로 갈려 대립하고 있는 정계나 학계 등에서도 흔히 목격하곤 한다. 조선조에서 고질화한 성리학적 근본주의 가치관이 우리 사회 곳곳에 얼마나 깊게 뿌리박혀 있는지를 실감할 수 있을 것이다. 일제의 식민통치는 외세의 일방적인 통치만 존재하던 정치 실종의 암흑 시대였다. 사라졌던 정치가 해방과 함께 부활하면서 각 정파들은 민주주의라는 환경 속에서 명분을 쏟아내며 권력을 다투기 시작했다. 대한민국 건국 이후에는 왕조의 정통성이 민주적 정통성으로 바뀌었을 뿐이다. 명분론을 얹힌 정통성에 관한 시비는 정권이 수차례 바뀌면서 끊이질 않았고, 이를 둘러싼 논쟁은 조선시대와 달리 지배층에 국한된 게 아니라 국민 전체를 편 가르는 도구로 이용되고 있어 심각성이 더 커졌다.[21]

오늘날 학계나 정치권에서 논쟁을 벌일 때마다 거론하는 민주주의는 조선조 성리학의 근본주의처럼 들릴 때가 많다. 마치 민주주의 원칙의 일자일획도 손상되어서는 안 되는 것처럼 외치고 있지 않은가. 그 배경에는 다양한 개체의 공존과 차이를 인정하지 않고, 타협과 절충을 모르는 이분법적인 진영논리가 깔려 있으니 기가 막힐 따름이다. 국민의 편을 가르고 사회를 분열시키는 망국적 풍조가 고질화되어가는 이유는 조선조 성리학적 근본주의의 DNA가 우리 피에 흐르고 있기 때문이라고 보는 사람이 많다.

극단 이기(利己)의 선사후공(先私後公)

서양의 지도층은 노블레스 오블리주로 상징되는 지도층의 선공후사(先公後私)의 가치관을 목숨보다 귀한 가치로 여긴다. 서양에서는 로마 시대부터 '고귀한 신분으로 태어난 사람은 고귀하게 행동해야 한다'라는 불문율이 지배했다. 로마 귀족들은 국가적 위기가 닥칠 때마다 희생을 무릅쓰고 솔선수범하여 병역의 의무, 기부활동 등을 통해 사회통합에 앞장섰다. 나폴레옹은 이탈리아를 침공하면서 도시국가들의 귀족들이 미동도 하지 않자 이런 나라들은 생존할 가치가 없다며 개탄했다고 한다. 그만큼 가진 사람들의 솔선수범이 사회나 국가 생존의 원동력이 된다는 믿음이 서구의 오랜 가치관으로 실천되어 왔던 것이다.

반면 조선의 지배층은 달랐다. 국가나 사회에 대한 충성보다 부모에 대한 효도를 더 중요한 가치로 신봉했다. 전쟁 중이라도 장수가 부모 상(喪)을 당하면 전장(戰場)에서 이탈하여 3년 상을 치르러 고향으로 돌아가는 것을 당연시 했다. 사적(私的) 가치인 효(孝)가 공적(公

的) 가치인 충(忠)에 우선하는 사회에서는 공인으로서의 책임감보다
는 가족과 가문에 대한 책임이 우선시된다. 더구나 자신의 주장이 대
의에 어긋나고 나라에도 바람직하지 않다는 사실을 알고도 사적인 이
해나 파당의 이익을 위해 굽히지 않는 조선 선비들의 사례는 당쟁의
역사에서 적지 않게 나타난다.

『하멜표류기』를 보면 "조선 사람은 거짓말을 잘 시킨다. 그리고 거
짓말 한 것을 부끄러워하지 않고 오히려 남에게 자랑하고 다닌다"라
고 적혀있다.[22] 윗물이 맑지 못해 아랫물도 흐렸던 것 같다. 공동체야
어찌되었건 자신부터 챙기고 보는 지배층의 속성이 백성들에게 예외
이었을 리 없다. 개인의 이익을 위해 남이야 어떻게 되든 거짓말을 해
서라도 실속을 챙기려는 사람들을 목격하고 하멜이 전한 것 같다.

이런 사회에서 지도층은 의무는 저버리고 권리만 행사하려들 게
뻔하다. 군역을 면탈하고 세금을 빼돌리며 이권은 철저히 챙기는 약
삭빠른 부류가 살아남아 유능한 존재들로 평가받게 된다. 실제 조선
의 양반 사대부들은 납세와 국방, 노역 등 각종 의무를 면제 받는 특
권을 누렸다.

오늘날에도 선사후공의 악습은 여전히 남아 숱한 부조리를 낳고
있다. 무엇보다 나라나 사회의 이익보다는 자신의 이익을 우선시하
는 게 누구나에게 당연한 생존 방식으로 받아들여지고 있다. 누구나
권력을 잡으면 돈과 명예까지 챙기려 들며 보신(保身)에 철저해진다.
그래서 직장에서든 상거래에서든 학연, 지연, 혈연을 있는 대로 동원
하며 사리(私利)를 채우는 데 혈안이 되곤 한다. 오죽하면 호남향우

회, 고대교우회, 해병대전우회란 말이 나오고, 그들이 위세를 떨친다고 해서 입방아에 오르고 있겠는가?

특히, 법을 만들고 집행하는 상당수 정치인이나 고위 관료들이 탈법·불법을 마다않고 자신부터 챙기고 보는 것은 아예 고질화되어 가고 있다. 그들에게 공직은 나라를 위해 봉사하는 자리가 아니다. 우선 자신의 영달을 위한 것이고, 나라의 일은 그 다음의 문제일 뿐이다. 세월호 사건에서 공직사회의 적폐가 논란이 되었던 것도 그런 관행에서 나온 부조리임을 부인하지 못할 것이다. 공직사회의 고질적인 선사후공이 사회전반의 구조적인 비리로 이어져 국민 생활을 위협하는 지경에 이르렀으니 가히 망국적이라고 할만하다. 공직자들뿐 만이 아니다. 사회지도층이라면 매번 인사청문회 때마다 거론되는 병역비리, 부동산투기, 위장전입, 탈세, 논문 베끼기 등을 2~3개 이상 범해야 할 정도가 되지 않았는가. 사회가 민주화되었다고 하나, 여전히 반칙이 횡행하며 굴러가고 있다. 나는 선사후공의 폐혜가 나의 이웃과 사회는 물론 나라의 경쟁력을 갉아먹을 만큼 심각한 상황을 낳고 있다고 주장한다.

허망한 '망국', 씁쓰레한 데자뷔

고종이 등극했던 1863년을 전후해 각 나라에는 군웅호걸들이 등장한다. 영국에서는 19세기 정당정치의 거목인 글래드스턴과 디스레일리가 각축을 벌이며 제국주의 정책에 시동을 건다. 디스레일리는 집권을 하자 1875년 수에즈 운하를 확보하고 이집트를 지배하면서 식민지 쟁탈전에 나서 팍스 브리태니커(Pax Britanica)의 시대를 열었다. 프로이센에서는 1861년 빌헬름 1세가 즉위했다. 그는 당시 파리 대사였던 '철혈재상' 비스마르크를 수상 자리에 앉혀 놓고 오스트리아를 물리쳐 독일 통일의 대업을 이뤄냈다. 이어 보불전쟁을 일으켜 파리로 진군해 프랑스를 항복시키고 1871년 베르사유 궁전에서 독일제국을 선포하며 독일 황제로 즉위했다.

미국에서는 미국의 16대 대통령 에이브러햄 링컨이 당선된 지 3년만인 1863년 게티스버그에서 남군을 패퇴시켜 아메리카 합중국을 남북의 분열 위기에서 구해냈다. 일본에서는 고종이 즉위한 지 4년 후인 1867년 도쿠가와 막부의 마지막 쇼군인 도쿠가와 요시노부가 천황에게 통치권을 넘겨주는 대정봉환(大政奉還)을 단행한다. 이로써 270년의 막부 통치가 막을 내리고 메이지 유신이 시작된다.

고종은 서구 열강과 일본이 제국주의의 서막을 올리며 대오를 정비하는 때에 즉위했다. 시민사회가 생겨나고 산업화를 이뤄 국력을 다진 나라들이 약육강식의 세계질서에 밑그림을 그리던 차였다. 고종은 '강한 나라'로 올라 포식자가 될 것인지, 아니면 '약한 나라'로 전락해 먹잇감이 될 것인지를 가름하는 중차대한 시점에서 조선의 운명을 떠맡게 되었던 것이다. 역사를 되돌려 고종이나 당시 섭정을 맡았던 대원군, 그리고 조선의 지배층이 발상을 전환해 이런 흐름에 적극 대처했더라면 망국의 화를 면할 수 있지 않았을까? 부질없는 가정이다. 조선 지배층의 무능상은 나라가 백척간두의 위기에 섰던 때에도 별반 달라지지 않았다.

　제국주의 세력이 동아시아로 몰려오던 서세동점의 시대, 한국과 일본은 거의 비슷한 시기에 열강들의 개방 압력에 직면했다. 미국의 페리 제독이 군함을 이끌고 일본 도쿄 앞바다에 나타나 개항을 요구한 것이 1853년이었다. 그로부터 10여 년 후인 1866년, 프랑스 함대가 조선을 침략하여 병인양요가 일어났다. 외세의 개방 압력을 접한 시차가 불과 10여년으로 일본이나 한국이 비슷했으나 도전에 대한 응전은 두 나라가 현격한 차이를 보였다.

　미국의 막강한 현대식 무력에 충격을 받은 일본은 지난날의 쇄국에 대오각성하며 적극적인 개화와 개혁으로 나선다. 특히 1868년 탈아입구(脫亞入歐)를 외치며 메이지유신을 계기로 나라를 거국적인 서구화 체제로 전환했던 것이다. 조선에서도 개화 운동이 없었던 것은 아니다. 박규수, 김홍집, 김옥균 등이 중심이 된 개화파는 반봉건의 국정개혁을 통해 부국강병을 이루어 청나라로부터 자주독립을 해야 한다고 주장했으나, 이런 구상을 실천할 정치적 힘이 없었다. 결국 조선은 쇠퇴한 중국 중심의 사대주의 패러다임에서 벗어나지 못하고 위정척사(衛正斥邪)[23]로 시대의 흐름에 역행했다. 조선의 양반 사대부들은 순진하게도 사대교린에 의거하여 왕도정치를 펼치면 군함과 대포로 무장한 제국주의 세력의 침략을 막아낼 수 있다고 믿었다. 병인양요 때 동부승지(同副承旨)[24]를 지냈던 이항로는 이렇게 외쳤다.

　"우리나라는 비록 소국이지만 군신이 마음을 하나로 해서 덕을 닦고 정사를 행하여 고대 중국의 3대(代)와 같이 이상 정치를 실시하면 양적(洋賊)에 지혜로운 자가 있다 한들 감히 침범하지 못할 것이다."

서구 열강이 동아시아에서 각축을 벌이던 1880년 김홍집은 수신사의 일원으로 일본을 다녀와 일본 주재 중국 대사관의 참찬관 황쭌셴(黃遵憲)이 저술한 『사의조선책략(私擬朝鮮策略)』이라는 책자를 고종에게 헌상했다. 이 책의 핵심은 조선이 '친(親)중국', '결(結)일본', '연(連)미국'을 통해 공존을 모색하며 러시아를 견제해야 한다는 것이었다. 내용이 알려지자 전국이 발칵 뒤집어졌다. 유교적인 이적관(夷狄觀)을 맹신하던 퇴계의 후손 이만손이 영남 유생 1만 명의 연서로 오랑캐들과의 교류는 패륜망덕이라며 김홍집 일파를 탄핵하는 상소를 올렸다. 그 유명한 만인소이다. 황쭌셴은 훗날 "세계가 조선이 위태로운 처지에 있다고 보는데도 조선만이 임박한 재앙을 알지 못하고 있으니, 이는 처마의 제비가 불붙은 것도 모른 채 즐겁게 지저귀는 것과 다를 것이 없다"고 개탄했다.

임오군란(1882년), 갑신정변(1884년), 동학농민운동(1894년) 등 정변이 일어날 때마다 고종은 청나라에 의존하려 했다. 청나라는 1840년 아편전쟁에서 패배한 이후 '이빨 빠진 아시아의 종이호랑이'로 전락한 상태였다. 이런 나라에게 번번이 손을 벌렸으니 당시의 위정자나 사대부 세력들에게 정세를 내다보는 안목이 전무했다는 외에 달리 설명할 도리가 없다.

고종과 그의 신하들, 당대의 여론을 좌우했던 양반 지식계층은 개항 이후 매 순간 한 치의 흐트러짐이 없이 국가를 개조한 이웃 일본을 별로 염두에 두지 않았던 것 같다. 일본은 국가 개조를 서둘러 제국주의 질서에서 '강한 나라'의 지위를 인정받았고, 여세를 몰아 '약한 나라' 조선을 손에 넣기 위한 전략을 주도면밀하게 펼쳐왔다. 조선의 지배층은 이런 야욕을 아예 몰랐거나 대수롭지 않게 여겼을지 모른다. 청나라가 무너진 상황에서 여차하면 사대의 대상만 잘 잡을 경우 그럭저럭 버텨나가지 않을까 하는 안이한 생각에 빠져있던 것은 아닐까?

일본은 피 한 방울 안 흘리고 조선이라는 나라를 접수하면서 고종과 그의 신하들에게 거액의 은사금과 작위를 안겨 톡톡히 인사치레를 했다. 허약한 나라 조선은 이렇게 허망하게 무너졌다. 청나라가 자신을 보호할 능력을 상실하자 러시아에 손을 내밀고 심지어는 이웃의 야수였던 일본에게도 의지하려 했다. 이완용이 매국의 장본인으로 비난을 받고 있지만, 박영효를 비롯해 숱한 당대의 관료나 지식인들은 조선이 일본으로 넘어가는 것을 당연시했다.[25] 이들에게는 사대의 대상이 중국에서 일본으로 바뀌었을 뿐이다. 세상이 급변하고 있음에도 사대의 논리 밖에 몰랐던 이들이 본능적으로 발휘한 생존술이었을 것이다.

힘이 곧 정의로 통하던 제국주의 시대에 백만에 달하는 근대식 군대의 총칼과 대포와 군함의 위력 앞에서 조선은 나라를 지켜낼 만한 군사력[26]이 없었다. 사대주의와 문치주의, 그리고 그 안에서 안주하며 선사후공의 구태(舊態)에 따라 자신과 파당의 이익을 챙기고자 했던 조선 지배층의 국정운영 무능이 빚어낸 결과였다. 이완용과 을사오적에게 망국의 모든 책임을 뒤집어씌운다고 해서 망국의 한을 가라앉힐 수 있는 것은 아니다. 우리는 임진왜란으로 일본에 당한 지 300여 년 만에 일본에 나라를 통째로 빼앗겼다. 나라가 약해지면 언젠가는 또 다시 당하게 될지 모른다. 그 개연성은 동아시아에서 지금 펼쳐지는 한일, 중일, 한중의 각축에서 상존하고 있다. 아직도 우리 내부에는 조선을 허약하게 했던 근본주의가 '불편한 유산'으로 남아 도사리고 있다는 게 나의 확고한 생각이다. 조선의 멸망을 심각하고 진지하게 바라보아야 할 이유는 그래서 더욱 절실하게 받아들여진다.

4

민족의
재탄생과 분열

"해방 공간의 우리는 시민이 아니었다. 나라가 없어 국민이라고도
할 수 없었다. 그저 식민지배의 압제에서 벗어나 막연하게나마
좋은 세상이 오기를 갈망했던 존재들이었다."

　우리에게 해방은 말 그대로 도둑같이 왔다.[27] 조선공산당의 박헌영은 얼떨결에 맞이한 해방의 소회를 다음처럼 밝혔다고 한다. "대중적 반전 투쟁도 이루지 못한 채로 8월 15일 아닌 밤중에 찰시루떡 받은 격으로 해방을 맞이했다."[28] 시시각각 제2차 세계대전의 전황을 점검하며 항일투쟁의 지하전선을 누볐던 박헌영조차 일본이 그렇게 쉽사리 패망할지 몰랐던 것이다. 당시 일제의 몰락을 감지한 사람이야 없진 않았겠지만 있었다 해도 극소수였을 것이고, 그들마저 불시에 찾아온 해방은 깜짝 놀랄만한 대사건이었다. 거짓말처럼 세상이 바뀌었던 것 같다. 농민들은 강제 징용과 공출에서 해방되었고, 수많은 청년들이 일제의 군수공장이나 토목공사장에서 풀려났다. 창씨개명도 필요 없게 되었고, 우리말과 글을 써도 시비를 거는 사람이 없었다.

　그러나 해방의 기쁨과 감격은 순식간 사라졌다. 한반도의 분단과 함께 남쪽은 미군이, 북쪽은 소련군이 점령함에 따라 우리는 졸지에 동서분쟁의 최전선에 놓이고 말았다. 분단은 우리 민족에게 운명의 장난이었다. 제2차 세계대전 전승국들이 야합하듯이 그어놓은 38선은 남과 북을 갈라놓아 민족을 서로 다른 길로 내몰았다. 소련이 장악해 일사분란하게 움직였던 북과는 달리, 남에서는 이념의 격전장이 펼쳐지며 좌우 프레임으로 사회가 쪼개져 걷잡을 수 없는 혼란을 겪어야 했다.

　나는 해방공간에서 자유, 정의, 평등의 가치와 민주주의, 사회주의, 공산주의 등의 이념이 우리의 삶과는 무관했고, 막연하게 관념적으로 받아들여지며 이 땅에 자리 잡은 사실에 주목하고자 한다. 이런 이념과 가치들이 적과 동지를 갈라 화합과 상생, 타협을 거부하며 외골수의 선명성 경쟁에 매달렸던 조선의 근본주의와 결합했다고 본다. 또 일제 36년 치하에서 생성되어 공고해진 저항의 민족주의가 뒤섞이면서 지고지순(至高至純)한 도그마로 변질되었다는 게 내 생각이다.

식민 저항의 산물, 민족주의

어떤 준비도 없이 일제 통치에서 벗어난 지 70년, 우리는 아직도 식민시대 이야기만 나오면 감상(感傷)에 휘말려 미망(迷妄)에 빠지곤 한다. 일제의 식민지배에 비분강개하는 사람들이 여전히 많다. 그 저류에는 이성으로는 설명이 안 되는 진득한 민족주의가 깔려 있다. 수많은 사람이 분노하고, 분노하지 않으면 이단아로 내몰릴 만큼 반일 감정은 한국인의 에토스로 사회 깊이 박혀있다. 일제가 과연 한반도의 근대화에 기여했는지를 둘러싼 논란도 마찬가지의 맥락에서 이뤄지다 보니 다분히 감상적이다. 식민지배가 억압 및 착취와 동시에 식민지 개발을 위한 근대적 개혁도 단행했다는 '식민지 근대화론'[29]은 아무리 그럴듯한 근거를 대더라도 사회적으로는 용인되지 않는다. 한 술 더 떠 일본의 식민통치에 감사해야한다거나 후진 자본주의의 일본이 조선지배에 적절했다고 주장하면 이완용보다 더한 친일파로 지탄 받아야 한다.

신용하는 조선이 19세기 이후 '내재적으로' 근대화를 진행하고 있었는데 일제의 식민수탈로 오히려 반세기 가까이 늦춰졌다고 했다. 우리는 앞서 조선의 망국과정을 살펴보았다. 조선은 근대화의 기회를 맞아 힘 한번 제대로 못쓰고 주변 열강들의 세력다툼에 휘말려 무너졌다. 그의 견해에 충분하고 합당한 근거가 있는 것인지, 또 조선이 설사 근대화를 하고자하는 의지가 있었다 해도 과연 실행할 역량을 갖추고 있었는지에는 적잖은 의문이 제기된다. 그래도 우리는 신용하의 주장을 '식민지 근대화론'보다 타당하다고 생각한다. 정확히 말하면 더 타당하다고 믿고 싶어 한다. 아직도 해소 못하고 있는 '망국' 조선 민족의 울분을 그나마 진정시킬 수 있기 때문일 것이다.

근대화가 인류 발전에 거스를 수 없는 대세였지만, 우리에게는 황망한 기억으로 다가 올 뿐이다. '쪽바리의 나라' 이웃 일본에게 나라를 빼앗긴 것도 통탄할 일인데, 그들의 악랄한 통치에 노예 생활을 해가며 나라 없는 설움을 톡톡히 당했기 때문이다. 치를 떨 일이었다. 또한 국가가 없는 민족이란 허망한 것임을 통절하게 느껴야 했다.

한반도의 근대화는 철저히 일본의 이익에 맞춰져 이뤄졌다. 우리는 내선일체(內鮮一體)란 미명 아래 민족의 혼을 빼앗긴 채 2등 국민으로서 일본의 장단에 춤을 춰야 했을 뿐이다. 한반도에 전기가 들어오고 철도가 깔렸으며, 수많은 서양문물과 제도가 들어왔지만 그것만으로 온전한 근대화라고 할 수 있었을까? 일본은 36년이란 주어진 시간 내에 가장 효율적으로 그리고 철저하게 한국 사회를 망가뜨리고자 했다.[30] 아무리 근대식 문명을 누린다 해도 나라를 영원히 잃고 수천 년 면면히 이어져온 민족 전통과 정신문화를 송두리째 날려버린다면 그런 근대화에 무슨 의미가 있는 것일까? '식민지 근대화론'은 그렇기에 오늘날 누구에게도 도움이 되지 않는 공론(空論)에 불과할 뿐이다.

나는 이보다는 오늘날 민족주의를 중심으로 한 한국인의 특질이 형성되는 데 일제의 식민지배가 큰 영향을 미쳤다는 사실을 떠올리고자 한다. 이른바 저항의 민족주의, 민족 집단주의, 민족의 이념적 분화 같은 것들이 그것이다. 우리는 비록 나라를 잃었지만, 식민시대에 한반도의 주인으로서 민족의식을 갖게 되었고, 이전의 어느 시대와는 다르게 민족의식을 내재화하며 공고하게 쌓아왔다. 일제 통치가 워낙 엄혹했기 때문에 면전에서는 지배세력에게 복배했을지 모른다. 하지만 내면에서는 불복했고, 똘똘 뭉쳐 저항하며 일제의 통치를 적어도 심리적으로는 완강하게 거부했다. 때로는 저항 과정에서 그 방법론을 둘러싸고 원칙론과 이념에 따라 서로 갈라져 격하게 맞서며 민족의 분열상을 드러내기도 했다.

민족이란 한 종족집단이라 해서 그저 주어지는 것은 아니다. 무엇보다 집단의 내부를 끈끈하게 이어줄 의사소통체계가 오랜 기간 존속해야 하고, 그것이 역사와 언어로 발현되어 공동체란 의식을 갖게 되고 정치적 운명을 함께 하는 게 민족이다. 유사 이래 세계 곳곳에서 생겨난 제국들이 언어나 혈연 공동체들을 흔적 없이 삼켜버린 사례는 숱하다. 인류 최초의 제국이라는 아카드 제국(BC 2250년경)에서 아시리아, 바빌로니아, 히타이트, 아테네, 로마, 이슬람, 몽골, 스페인, 오스트리아, 중국, 영국 등 수많은 제국들은 국지적인 민족들을 용광로처럼 녹여 단일 문화권으로 묶어놓곤 했다. 결국 한 곳에 어울려 살며 얼굴 모양이나 살색이 같고 피를 같이 나눴다고 해서 민족이 완성되는 것은 아니었다. 이는 어떤 집단이든 같은 말, 문자, 역사를 공유하며 정치적 공동체 의식을 가져야 민족으로서 일어설 수 있다는 말이다.[31] 민족의식은 중앙 국가권력이 통합된 민족 전체의 이름으로 다른 민족국가와 주권국가로서 대면(對面) 또는 대적(對敵)함에 따라

보편화된다. 다시 말해 다른 민족국가들과의 이질성을 체험하고 의식함으로써 내부적으로 민족적 동질성이 구체화되고 확대된다는 말이다. 이런 뜻에서 "진정한 민족의 역사는 그 자신만이 국가를 얻으면서 시작되는 것"이라는 헤겔의 언명은 참으로 적절하다.[32]

민족에 대한 이런 관점에 따라 조선 역사를 다시 들여다보자. 조선은 앞서 언급한 대로 후반기 들어 3%의 양반 귀족과 97%의 백성으로 완벽하게 갈라진 사회였다. 양반은 그들 나름의 소통도구로 그들만의 담론을 주고받았고, 평민은 이런 소통체계에서 철저히 소외되었다. 따라서 지배계급이 보는 세상이 달랐고, 피지배계급이 보는 세상이 달랐다. 공론(公論)이란 한문을 독점한 특정 계급 안에서만 형성되고 돌았을 뿐이다. 이렇듯 서로 쓰는 말이나 문자, 세상을 보는 눈이 달랐던 조선의 양반과 평민 사이에 온존한 정치공동체가 존재했을까?

학계 일부에서는 우리가 '민족'이라는 의식을 갖게 된 것은 20세기 초 조선왕조가 멸망의 위기에 처하면서부터라고 한다. 그 전에는 민족이라는 말 자체가 존재하지 않았고, 그런 의식도 존재하지 않았다. 이영훈은 조선에는 엄격히 말해 민족이 없었고, 민족 전체를 통합하는 정치적 기제도 없었다고 주장한다.[33] 사실 20세기 초까지 조선왕조는 반상(班常)의 신분질서가 엄격했다. 양반을 제외한 상민과 노비는 심한 차별을 받았기 때문에 '우리는 같은 민족'이라는 공동체 의식이 존재하지 않았다.

운명 공동체에서 정치 공동체로

우리는 동이족의 후손으로 수 천 년 동안 한반도를 지켜온 단일민족이라고 믿으며 자라왔다. 말과 글, 오랜 전통의 습속과 혈연의식을 공유해온 우리의 기나긴 역사를 이렇게 무시해도 되느냐는 반론이 나올 법하다. 하지만 우리가 국가란 울타리 안에서 이민족과 대치하며 부국강병의 길을 걸어온 서구 선진국들의 민족주의를 체득한 것은 그리 오래된 일이 아니라는 게 내 생각이다. 우리의 오늘 날 정치공동체로서의 민족주의는 바로 나라를 잃어버린 대가로 얻어낸 일제 식민지배의 산물이라고 보고 싶다.

식민시대, 우리는 비록 국가는 없었지만 일제라는 다른 민족 국가에 저항하면서 민족의식을 새롭게 일깨웠다. 일본의 한반도 통치는 엄혹하다 못해 처절했다. 일제의 식민지 통치이념은 "조선 사람은 일본 법률에 복종하든가 아니면 죽어야 한다"는 식이었다.[34] 따라서 일제의 명령에 순응하지 않으면 이 땅을 떠나야하는 게 식민지인들에게 주어진 운명이었다. 특히 지식인에 대한 정책은 "똑똑한 자를 회유하고, 어리석은 자를 위협하며, 반항하는 자를 탄압하고, 순응하는 자를 수탈한다"는 식이었다.[35] 조선말부터 신교육 열풍이 일어 근대식 교육을 받았던 신지식층은 엘리트 의식에 충만해 있으면서도 이런 숨막히는 상황에서 운신의 여지가 별로 없었다. 이들은 불확실한 장래에 몸을 던져 독립운동가가 되거나, 아니면 개인적인 영달을 위해 식민지 지배체제와 타협하는 길을 택할 수밖에 없었다.[36] 오늘날 친일파 논쟁에서 일제 통치에 협력한 사람들에 대한 무차별한 단죄론을 서슴없이 늘어놓는다. 하지만, 일제 치하가 우리에게 죽느냐 사느냐를 결정해야 할 절박함의 연속이었다는 사실을 이해한다면 그리 단순명쾌하게 정리될 이야기는 아니다.

한 시대를 살았던 사람들이 그 시대를 가장 모르는 사람들이라고도 하지 않는가. 프랑스 혁명이든 볼셰비키 혁명이든 당대의 사람들은 후대 세상을 바꿔놓을 혁명일지 결코 몰랐을 것이다. 지금의 우리가 마치 필연적인 혁명처럼 그 역사를 보고 있는 것이지 그 시대 사람들에게는 우연한 사건일 뿐이었다. 그런데 일제 치하의 사람들에게 친일파로 살았으니 역사의 심판을 받으라 하면 너무 가혹하지 않은가. 말단의 민초들까지도 헌병이나 순사의 눈 밖에 나면 하루살이가 힘들었던 시절이 아니었던가. 정도의 차이야 있었겠지만, 이 땅에 남아있는 사람들이라면 누구나 일제에 손을 벌려가며 살 수밖에 없는 처지였다. 일제의 앞잡이 노릇을 하며 착취와 수탈, 압제의 전면에 나섰던 악질 친일세력을 제외하고 말이다. 대다수 우리 민족이 복종하지 않으면 삶을 포기해야 할 벼랑 끝 인생을 살았던 사실을 직시해보자. 작금의 친일논쟁은 그야말로 후세들의 부질없는 역사놀음에 지나지 않는다.

일제는 토지조사령, 조선임야조사령, 회사령 등의 악법을 쏟아내며 수탈에 나섰고 식민지인들은 신음의 나날을 보내야 했다. 압박이 심하면 반발도 심해진다. 원했던 원치 않았든 우리 민족은 이민족 일본과의 대면에서 일방적으로 핍박을 받아가며 재차 동질성을 확인하고, 집단적으로 민족의식을 고양해 저항하며 정치적 공동체를 키워왔다고 할 수 있다. 물론 국가가 없는데 정치적 공동체의 실체를 드러낼 수는 없었겠지만, 적어도 심리적인 유대감을 통해 식민지인이 하나의 공동체임을 깊이 인식하게 되었을 것이다.

수백만 명이 참여해 거족적인 시위와 항쟁을 벌였던 3·1운동은 그 기폭제였다. 양반귀족들이 무책임하게 일제에 넘겨준 강토에서 쌓일 대로 쌓인 울분과 한을 폭발시킨 것이다.

우리는 조선독립 만세를 외치면서 민족자결의 의미를 체득했고, 거족적인 저항이라는 것도 해보았다. 이후 2개월여에 걸쳐 전국 13개 도로 시위 폭동이 확산되면서 같은 해 12월까지 무려 3,200여 회 시위가 벌어진다. 일제의 총부리 앞에서 함께 희생하며 우리가 한반도의 주인이라는 민족의 정체성을 확인하기에 이른다. 3·1운동 이후, 일제가 회유책으로 문화정책을 실시함에 따라 민족의식은 정신적으로 체계를 잡아나갔다고 볼 수 있다. 조선일보와 동아일보 등 민간신문이 생겨나 한글의 보급을 통한 민족의 동질성을 공고하게 다져나갈 수 있었다. 신간회 사건이나, 좌익계열의 잡지 「개벽」의 등장은 일제라는 거대한 괴물에 정신문화적으로 도전하는 저항의식을 심어주었다고 평가할 만하다.

이러한 저항의식이 민족을 일깨워 훗날 건국과 이후 나라 발전의 원동력이 되었지만, 우리에게 바람직하지 못한 유산을 넘겨주었다는 사실 또한 나는 지적하고 싶다. 일제의 법과 제도는 분명 우리 민족을 탄압하는 도구였다. 당시에 살던 사람이라면 누구나 못마땅해 하고 불신했을 것이다. 그러나 일제가 물러난 해방 이후에도 이런 인식에서 벗어나지 못해 법과 질서, 그리고 공권력을 불신하고 우습게 아는 풍조가 사라지지 않았던 것은 크게 잘못된 일이다. 심지어는 관료를 비롯한 사회지도층, 유산계층이라면 무조건 백안시하려 들며 일제에 대한 저항처럼 이들에 대한 저항을 당연시하고, 이를 애국적이고 정의로운 행위로 동조하는 세태가 지금까지 남아있지 않은가. 친일파 논쟁, 반정부 투쟁, 재벌 논란, 남북갈등 등 해방 이후 정치 또는 사회적 쟁점이 터질 때마다 우리 저변에 깔린 이런 즉흥적이고 반사적인 저항의식은 어김없이 나타나곤 했다.

물론 역대 대통령들과 주변 권력, 권력을 배경 삼아 특혜를 누려 성장한 기업인들, 그리고 여타의 유력 사회세력들이 권한을 오·남용하며 법과 제도를 훼손시킨 사례가 적지 않았다. 그렇다 해도 기득권을 가진 사람이나 세력, 집단이면 무조건 들이받고 대들어야 한다는 맹목적인 저항의식이 민주화가 이뤄졌다는 오늘까지도 지식층은 물론 보통 사람들 사이에 만연해 있다. 안타까운 현실이다.

해방공간 평등의식과 사회주의

미군정청 여론국은 1946년 8월 전국 8천여 명을 대상으로 해방정국에서 어떤 정부가 들어서기를 원하지는 국민들의 생각을 알아보는 설문조사를 실시한다. 동아일보는 같은 해 8월 13일자에 '정치자유를 요구, 계급독재는 절대반대'라는 헤드라인 아래 다음과 같은 결과를 기사로 소개한다. 이 중 주목할 만한 3개의 설문과 결과를 살펴보자.

문일(問一), 일신상의 행복을 위하야 가장 중요한 것은 어느 것이라고 생각합니까

가. 생활안정을 실현할 기회 3,473명(41%)

나. 정치적 자유 4,669명(55%)

다. 모릅니다 311명(4%)

문이(問二), 귀하께서 찬성하시는 일반적 정치형태는 어느 것입니까

가. 개인독재(민의와는 무관계) 219명(3%)

나. 수인독재(數人獨裁)(민의와 무관계) 323명(4%)

다. 계급독재(타계급의 의지와는 무관계) 237명(3%)

라. 대중정치(대의정치) 7,221명(85%)

마. 모릅니다 453명(5%)

문삼(問三), 귀하의 찬성하는 것은 어느 것입니까

가. 자본주의 1,189명(14%)

나. 사회주의 6,037명(70%)

다. 공산주의 574명(7%)

라. 모릅니다 653(8%)

　　세 문항의 조사결과를 종합하면, 당시의 사람들은 정치를 먹고사는 문제보다 중시했으며, 다수가 대의정치체제를 원하고 사회주의 국가가 세워지기를 바랐던 것으로 정리할 수 있다. 불과 1년 전만해도 신이나 다름없었던 일본 천황을 받들어 모시며 촘촘히 통제된 전체주의 사회에서 살던 사람들이었다. 이들이 정치적 자유를 원하고, 민주주의 원리를 존중하는 대의정치를 희망하며 사회주의 국가를 찬성한다는 의사표시를 했다.

좌 · 우 투쟁담론의 성찬과 그늘

참으로 놀라운 결과이다. 국민들이 투표로 자유롭게 의사표시를 해 사회민주당 의원들을 대거 당선시키고 그들의 사회주의 정부를 출범시키는 오늘날 통일 독일을 연상시킬만한 조사결과가 아닌가? 그렇다면 당시 2천여 만 명의 국민이 자신의 판단 아래 지금의 독일 국민처럼 민주시민으로서 참정 의식을 갖고 자율적인 행동을 할 수 있었단 말인가?

앞뒤가 전혀 맞지 않는 가정이다. 앞서 언급했지만, 일제가 그렇게 순식간 패망할지는 아무도 몰랐다. 우리는 어떤 준비도 없이 해방을 맞았다. 그런데 불과 1년 만에 평등 만능의 사회주의를 논하고 정치적인 자유를 원하게 되었단 말인가? 서구의 경우 1492년 콜럼버스가 신대륙을 발견해 부(富)를 쌓고 근대화를 시작한 지 200~300년이나 걸렸던 일인데 말이다.

장삼이사(張三李四)의 입에서 이런 정치적 욕구가 표출된 것은 해방 후 1년 동안 얼마나 치열한 정치투쟁이 벌어졌는지를 짐작하게 하는 방증이라는 게 나의 판단이다. 해방이 된 지 3개월이 채 지나지 않은 1945년 11월 1일 까지 미 군정청에 등록된 정당과 정치단체의 수는 무려 205개나 되었다.[37] 이후 1년여 동안 이데올로기 성향에 따라 300여 개의 정당이 생기고 1,200여 개의 노동조합이 등장해 좌우로 분열하고 대립했다. 이 와중에 우익이든 좌익이든 상대방을 제압하기 위해 치열한 담론 전쟁을 벌였고, 때로는 총칼에 의한 테러도 서슴지 않앉다. 이들이 떼로 몰려다니며 갈라서서 벌였던 이전투구의 싸움은 보통 사람들의 말과 행동까지 파벌과 분열로 몰고 갔다. 해방의 기쁨도 잠시, 목전의 가난과 기아를 더 걱정했어야 할 판에 사람들이 정치적 자유를 거론하고 평등과 같은 고결한 가치를 떠올린 것은 그 실상이 얼마나 심각했는지를 알 수 있게 한다.

강준만은 당시의 상황을 다음과 같이 전한다.

"정당이나 단체가 많이 생겨난 게 문제가 아니라 그들의 파벌과 분열의 정치가 문제라고 했다. 조선왕조의 오랜 양반 귀족정치에 짓눌려온 데다 한 세대 이상 식민체제하에서 신음해온 탓에 한국인에겐 자유와 타협의 기회는커녕 훈련을 한 경험이 전무했다는 게 비극의 씨앗이었다. 이때부터 파벌과 분열은 한국 정치의 일상적인 것이 되었으며, 그로 인한 환멸은 정치를 탐욕과 이권의 수단으로 전락시켰다. 그런 전통은 먼 훗날까지도 살아남아 한국정치를 규정하는 최대 요인이 되었다."[38]

당시 우후죽순처럼 쏟아져 나온 정당이나 단체들의 이념 균열이 사회 전반에 큰 영향을 미쳤음은 물론이다. 이들 조직의 지도층은 어느 정도 여론형성의 자유와 자율성을 가졌던 엘리트들이었다. 해방이후 국가건설 초기 정국의 정치적 엘리트는 주로 국내외에서 민족독립운동을 하던 이들과 일제 식민지배 아래서 교육받은 신(新) 지식인이었다. 이들은 해외에서 또는 국내에서 자유민주주의와 사회주의적 정치경제 이념 어느 한쪽을 체험하거나, 지적으로 수용하면서 민족독립국가 건설에 한몫을 하려한 사람들이었다.[39]

일제가 패망할 당시 우리의 독립운동가들은 여러 이념과 분파로 나뉘어 있었다. 크게 나눠보면 중국 중부지역에 임시정부가 있었으며, 중국 북부지역에 화북조선독립동맹이 있었다. 소련 시베리아 동쪽에는 소규모 김일성 부대가 있었으며, 미국에는 이승만과 그에 대립하는 독립운동단체들이 있었다. 이들 독립운동 세력은 서로 연결되어 있지 않았다. 각 지역의 독립운동은 그 지역의 국가로부터 지원을 받았다. 임시정부는 중국 국민당 정부로부터, 화북조선독립동맹은 중국공산당으로부터, 김일성 부대는 소련으로부터 지원을 받았다. 대조적으로 미국의 독립운동단체들은 미국 정부의 지원을 공식적으로 받지 못하였으나 개인적 연고를 활용하여 정계, 군부, 언론계, 종교계의 지지를 이끌어내고 있었다.

독립운동 세력이 여러 이념과 분파로 나뉘어 서로 다른 강대국의 지원을 받음에 따라, 해방 이후 한반도에서 전개된 정치의 양상은 그 영향을 벗어나지 못했다.[40] 남북분단 역시 마찬가지의 맥락에서 살펴볼 여지가 있다. 해방 전후의 사료들을 살펴보면, 남과 북이 서로 다른 길을 가는 과정에서 독립운동 진영 간 첨예한 이념 대립과 반목이 상당 부분 작용했다는 결론을 내릴 수 있다. 강대국들의 이해에 따라 38선이 그어지고 결국 남북 분단이 고착화되었지만, 식민시절 독립운동 세력 내부에서 이미 이념 분화에 따른 분단의 씨앗이 자라나고 있었다고 나는 생각한다.

나는 해방 후 독립운동가들이 나라 밖에서 수입된 좌 · 우 이념 담론을 투쟁의 도구로 재생산하는 역할을 했다고 주장한다. 그리고 막

식민지배에서 벗어난 대중의 다수는 그들의 정치적 입지를 위한 동원 대상이었을 뿐이다. 그렇기에 그들은 자유와 평등 같은 온갖 민주적 수사를 뿌려가며 선동전술에 혈안이 되었으며, 편을 가르고 생각이 다르면 법도 논리도 무시하는 트로츠키의 혁명투쟁론에 매몰되곤 했다. 해방공간의 지도층과 일반 대중의 관계는 결국 조선 양반귀족이나 개항기의 개화파 지식인들과 백성의 그것이나 크게 다르지 않았다. 지도층은 자신의 이념과 분파에 따라 근본주의를 앞세운 명분론적 투쟁에 골몰했고, 대중은 이들이 쏟아내는 담론의 성찬에 현혹되거나 끌려 다닌 것이다.

실제 해방정국에서 일반 대중이 자신의 이데올로기를 선택할 때 원한관계와 더불어 전통적인 인간관계나 유대관계가 크게 작용하였다는 소리도 나온다. 친일파로 몰려 자신과 친인척이 피해를 당하면 입장이 비슷하거나 기득권을 지킬 수 있는 집단의 이데올로기를 택한 부류가 적지 않다. 또 친일파가 미우면 그들을 공격하는 집단의 이데올로기에 동조하며 싸웠다. 자유민주주의든, 공산주의든, 사회주의든 대중은 상당수가 그런 식으로 정치적 견해를 표출했다.

시골 마을에서는 '명망가'로 대접받던 인물이 어떤 이데올로기를 택하면 마을 사람들이 그 사람의 지도력을 따라 좌우 어느 한쪽으로 기우는 경향도 아주 많았다.[41] 친구 따라 산에 올라갔다가 빨치산에 가담해 본의 아니게 공산주의자가 된 사람도 부지기수이다. 이른바 지도층이라는 사람들은 이데올로기를 앞세워 타협을 거부하며 기득권을 지키거나 새로운 권력을 챙기려 했고, 대중은 그 싸움에 휘말려 졸지에 이데올로그가 되었던 것이다.

사회주의는 '기득권 혈투'의 장식물

나는 해방정국에서 벌어진 갈등의 핵심을 '기득권 투쟁'과 '면죄부 투쟁'으로 규정한 강준만의 주장에 동의한다. 그는 좌우의 격렬한 혈투를 일제 36년을 어떻게 지냈는가 하는 과거에 대한 평가와 그 평가에 따른 이해득실의 문제를 둘러싼 갈등이 표출된 것으로 설명한다. 이념은 그 과정에서 도입된 장식물의 성격이 강했다고 그는 말한다. [42]

나는 상당수의 대중이 사회주의를 원했던 것도 그런 배경과 관련이 있다고 생각한다. 평등을 추구하는 사회주의를 마다할 사람이 어디 있었겠는가? 우리 민족의 평등기원론을 따져보면 과거의 문헌에 선언적 의미를 남긴 사례는 종종 있었지만, 실제 누구나 평등을 누렸던 시절은 없었던 것 같다.

다만, 인간의 평등을 주장하는 동학의 인내천(人乃天)에서 '사람이 곧 하늘님이다'라고 하여 하늘님인 모든 인간은 평등하다는 동양적 평등사상을 설파한 바 있다. 그러나 명분론을 중시한 유교적 질서가 동학을 이단시하는 바람에 지식인이 공유하는 사상으로 진화할 수는 없었다. 우리 민족에게 천부인권으로서 평등의 권리가 다가온 것은 3일 천하로 끝났던 갑신정변(甲申政變, 1884) 때에 박영효(朴泳孝, 1861~1939), 김옥균(金玉均, 1851~1894) 등이 내건 이른바 갑신혁신정강(甲申革新政綱)에서다. 정강의 제2조는 "문벌을 폐지하여 평등의 권리를 세울 것"을 말하고 있다. 문벌을 폐지하고 인민평등권을 제정하자는 것은 중세적 신분제의 청산을 의미했다. 천부인권설을 구체적으로 제시하지는 않았으나 평등사상을 지향하고 있었음은 확실하다.[43]

우리에게서 사회주의의 기원을 굳이 찾자면 항일독립운동에서 찾아야 할 것 같다. 구한말 이래 간도 및 시베리아 지방으로 이주한 사람들이 독립운동을 전개하던 중 1917년 러시아혁명이 일어나자 이들 사이에 사회주의사상이 생겨난 사실은 여러 문헌에서 확인할 수 있다. 때문에 이런 환경에서 등장한 조선 공산주의는 계급투쟁보다는 본질적으로 민족주의를 기반으로 한 항일투쟁에서 출발하였다고 할 것이다. 물론 공산주의의 항일운동은 점차 사회주의운동 내지 계급운동으로 변했고, 종국에는 공산주의운동도 계급투쟁으로 변질되고 만다. 사회주의 지식인들은 신념을 고수하며 일제에 대한 저항정신을 불태웠다. 그들은 식민지 상황에서 어떠한 고난을 당해도 민족적 지조와 사회주의적인 신념을 지키고자 했다. 이는 일부 민족주의 우파 지식인들과 자유주의적 지식인들이 '개량주의적'이고 타협적인 자세를 취하거나 심하게는 적극적인 친일행각에 나선 것과는 극명한 대조를 보였다.[44]

따라서 해방과 함께 이들 지식층의 사회주의자들에게서 전파되는 '평등 국가론'은 사람들의 뇌리에 선명하게 새겨졌다. 사회주의는 낭만의 유행병처럼 속속 퍼져나갔고, 사회주의자가 아니면 사람 축에도 들지 못한다는 소리가 나올 정도였다. 이런 상황에서 응답자의 70%가 사회주의 국가를 원했다는 여론 조사결과는 너무나 당연한 것이었다. 물론 사회주의와 공산주의를 제대로 구별하는 사람도 별로 없었지 않았나 싶다.

해방공간에서의 사회주의 열풍을 거론하며 우리가 자유민주주의 국가를 세운 것은 민의를 거스른 것이라고 주장하는 사람들이 있다. 또 수많은 정당과 단체들이 생겨나 자율적인 시민사회를 반영하고 있는데, 이들의 동의를 받지 않고 나라를 세운 것도 잘못될 일이라고 주장하는 학자들이 적지 않다. 최장집은 "이데올로기로 분열한 정당이나 노동조합이 생겨나 결사적 조직(associational)과 파당적 경쟁(partisan competition) 경향을 갖춘 것만으로도, 시민사회의 자율성의 증거가 된다"고 주장한다.[45]

이런 주장의 기저에는 대한민국 건설의 정당성을 문제 삼고자 하는 의도가 다분히 깔려 있다고 본다. 다시 말해 대한민국을 출범시킨 이승만 정권이 시민사회의 동의를 받지 못해 민주적 정권이 아니었다고 주장하고 싶은 것이다. 하지만 시민사회가 해방 공간에서 가당하기나 했던가? 입에 풀칠하기도 어려운 사람이 대다수였고, 문맹률은 80%가 넘었다.

재차 강조하지만 연일 정치투쟁의 담론을 쏟아내는 극소수의 엘리트들을 제외하고, 자신의 신념에 따라 정상적으로 판단하며 자율적인 의사 결정을 내릴 만한 '시민다운' 사람들은 거의 없었다.

김구의 '이상'과 이승만의 '현실'

해방 공간의 우리는 시민이 아니었다. 나라가 없어 국민이라고도 할 수 없었다. 그저 식민지배의 압제에서 벗어나 막연하게나마 좋은 세상이 오기를 갈망했던 존재들이었다. 그래서 너나할 것 없이 평등하게 잘살 수 있다는 사회주의 국가를 동경했지만, 엘리트 지도층의 이데올로기 분쟁에 이리저리 엮여가며 정치 투쟁의 들러리 역할을 했을 뿐이다. 그런 과정에서 희생도 있었고, 서로 원한을 사기도 했다. 사회는 이념 갈등 속에서 좌우 프레임으로 쪼개졌다. 반목과 회한은 끊이질 않았고, 이는 불씨로 남아 훗날 시도 때도 없이 화근으로 작용하곤 했다.

자유와 평등, 저항의 민족주의, 그리고 우리의 유전자처럼 뿌리 내린 근본주의 등이 뒤섞여 한반도의 미래 설계에 지대한 영향을 미쳤다는 게 나의 생각이다. 또 남과 북이 결국 서로 각자 분단의 길을 가는 바람에 통일의 꿈이 무너지면서 통일 지상주의가 생겨나 민족주의와 결합한 것에도 주목할 필요가 있다. '우리의 소원은 통일'이란 구호가 현실적인 여건과는 무관하게 하나의 도그마로서 남과 북을 휘저어 왔기 때문이다.

한국 현대사에서 대한민국 건국은 뜨거운 쟁점 중의 하나다. 무(無)에서 유(有)를 창출하듯이 건국해 오늘과 같은 성공한 나라를 만들어냈으니 현대사 최고의 하이라이트라는 찬사를 보내는 시각이 있다. 그런가 하면, 1948년 8월 15일을 '대한민국 건국'이 아니라 '분단

정권 수립'이라고 폄하하고 비판하는 시각이 병존한다. 그리고 이승만을 건국대통령이 아니라 분단의 원흉으로 매도하고, 남북협상을 통해 통일정부를 수립하려 했던 김구를 존중해야 할 역사의 인물로 추앙한다.

그렇다면 당시 김구를 비롯한 민족세력 일각에서 제기한 남북 통일정부 수립이 가능했을까? 나는 절대로 불가능했다고 본다. 백보를 양보하여 통일정부가 수립되었다 해도 필경 그 통일정부는 공산화된 정부였을 것이라는 게 나의 입장이다.

김구는 1948년 1월까지만 해도 일관되게 이승만의 남한 임시정부 수립 주장에 동조했다. 그런데 며칠 후 갑자기 단독정부 반대로 돌아섰다. 그의 입장은 2월 10일 발표한 "나는 통일된 조국을 건설하려다가 38선을 베고 쓰러질지언정 일신에 구차한 안일을 취하여 단독정부를 세우는 데에는 협력하지 않겠다"라는 성명으로 명확해졌다.

김구와 김규식은 4월 27일부터 30일까지 평양에서 열린 남북요인 회담에 참석했다. 5·10 총선을 앞두고 보수 반공 인사들의 격렬한 비난과 반대를 무릅쓰고 그들은 돌아올 수 없을지도 모르는 북행길을 택했다. 그것은 분단을 막기 위한 노(老) 민족 지도자들의 처절하고도 숭고한 민족애의 발로였다고 나는 믿는다.

그런데 남북 지도자들은 평양 회담에서 미국과 소련 양국 군대 즉시 철수, 전 조선 정치회의 소집 후 선거 실시, 남한 단독선거 반대 등에 합의했다. 김일성 집단을 주장을 재차 확인한데 그친 것이다. 불행하게도 김구와 김규식의 통일 정부를 세우기 위한 고군분투는 무위

(無爲)로 끝나고, 오히려 소련 공산당과 김일성 집단의 단독정부 수립 명분을 세워주는 데 이용만 당하고 말았다.

평양에서 열린 남북 정치협상은 남측 초청 대상자 선정에서부터 연석회의 일정과 절차에 이르기까지 모든 것을 소련 군정의 민정청장이었던 레베데프가 지휘했다. 소련이 남북협상을 준비한 의도는 이미 1946년 2월에 북한에 수립된 북한 단독정권을 공식화하기 위해서였다.

소련 공산당 정치국은 김구와 김규식이 평양에 체류하던 시기에 북한 헌법 초안을 승인하고 최고인민회의 소집 등 정권 수립에 필요한 절차와 일정까지 북한에 지시했다. 이 지시에 따라 김일성은 '남북 대표자 연석회의'가 진행되고 있던 4월 28일 인민회의 특별회의를 개최하여 헌법안을 통과시켰다.

그들은 자신들에게 쏟아질지도 모르는 분단의 책임을 피하고자 1948년 4월 김구 등을 평양으로 초청하여 남북 통일정부를 수립할 수도 있다는 선전공세를 펼치기 위해 남북회담을 기획했던 것이다.

북한에는 이미 2년 반 전에 사실상의 공산 단독정부가 세워져 소련식 1당 독재 체제를 공고히 구축해 놓았고, 강력하게 중무장한 15만 대군이 양성되어 있었다. 평양에 간 김구와 김규식은 이런 현장을 생생하게 목격했다.

반면 남한은 수많은 정당 사회단체들이 분열되어 있었고, 민병대 수준의 국방경비대는 3만 명에 불과했다. 게다가 남로당 지하세력이 강력한 전열을 이루고 있었다. 이처럼 남북 간 힘의 심각한 불균형 상황에서 남북협상으로 통일정부가 수립되었다면 분열과 혼란에 빠진 남한은 공산독재체제하에 일사불란하게 움직이는 북한에 의해 이내 적화가 되었을 것이다.

1947년 미국은 트루먼 독트린을 통해 소련과의 협조체제를 청산하고 공산권 봉쇄정책으로 전환했다. 이런 마당에 냉전이란 국제정세를 외면한 채 미국과 소련을 제쳐놓고 우리끼리 독자적인 결단을 내린다는 것은 상상조차 할 수 없는 일이었다. 남북 지도자들이 만나서 협상을 통해 분단을 막을 수 있다는 숭고한 이상과 우국충정은 이해가 되지만, 현실적으로 실현 가능성이 전혀 없는 순진한 이상론에 불과했다. 두 사람의 힘으로 냉전의 첨예한 대결로 향하는 거대한 역사의 물줄기를 바꾸기에는 역부족이었다.

일제 식민지 시대 조국 광복을 이루기 위해 모든 것을 희생하며 독립운동을 이끌어 온 두 사람은 민족의 혼을 살리는 데 등불 같은 존재였다. 하지만 두 노(老) 독립운동가가 건국 당시의 복잡 미묘한 국제정세를 제대로 인식하지 못하고 역사적 오판을 한 것은 참으로 안타까운 일이다.

이에 비해 이승만은 국제정세를 꿰뚫어 본 현실주의자였다. 그는 한 세기 전 한반도를 노리던 러시아의 야욕을 목격한 바 있었기에 소련 공산주의의 침략을 철저히 경계하고 있었다. 그는 특히 미국에서 독립운동을 벌이면서 스탈린식 공산독재의 끔찍한 실상을 잘 알고 있었다. 또 제2차 세계대전 후 소련의 계략에 의해 루마니아, 헝가리, 체코슬로바키아, 동독, 알바니아 등이 차례로 공산화된 것도 잘 알고 있었다. 그래서 그는 "공산주의는 콜레라와 같아서 협력이나 타협은 불가능하다. 공산 전체주의에 굴종하느냐 아니면 반대하느냐의 선택만이 있을 뿐"이라고 주장했다.

해방 직후 이승만의 일관된 반공 및 반소 노선은 역설적으로 미국과 충돌하는 원인이기도 했다. 제2차 세계대전 직후 미국은 동맹국이었던 소련과의 협조를 통해 국제문제를 해결한다는 원칙하에 한반도에서도 좌우합작을 통해 신탁통치를 하려 했다. 이승만은 그 같은 미국의 정책은 공산주의자들에게 승리를 안겨주는 어리석은 정책이라 판단하고 미국이 추진한 신탁통치, 미소공동위원회, 좌우합작위원회 등 소련과의 타협을 전제로 한 모든 정책을 반대했다. 그래서 미국은 이승만을 미국정책에 방해가 되는 인물로 간주하여 그를 배제하려고 했다.

이승만은 제2차 세계대전 직후 '좌우연립 정부'를 세웠던 동유럽 국가들이 모두 공산화되었던 사실을 주목하고 있었다. 남북 통일정부 수립이라는 이상에 집착하다간 공산화될 것이 분명하다고 보고 '남한 임시정부 수립'이라는 현실론을 선택하게 된 것이다.

김구가 5·10 선거를 반대하고 대한민국 건국에 불참한 것은 우리 현대사에 큰 상처와 후유증을 남겼다. 지금까지 우리 사회 일각에서 이승만의 건국이 김구의 통일정부 노력을 좌절시킨 것이라면서 분단을 이승만의 탓이라고 매도하고 그가 주도해 세운 대한민국의 정통성까지 의심하고 있다. 이로 인해 뜻은 숭고했지만 근본주의로 흘러버린 김구의 단정(單政) 반대는 지금껏 대한민국의 국민형성에 큰 걸림돌로 작용하고 있다.

김구는 상해 임시정부에서 독립운동을 하던 정신으로 민족통일정부를 수립하고자 했다. 김구의 이런 노력은 미소 냉전의 벽에 부딪혀 실패했다. 하지만 나는 김구를 우리가 결코 망각해서는 안 될 민족정신의 화신(化身)이라고 생각한다. 이승만은 냉전의 이념대립 틈바구니에 끼어 헤매고 있던 우리 민족에게 자본주의를 바탕으로 한 시장경제체제와 자유민주주의 국가의 길을 열어 놓았다. 이승만의 대한민국 건국은 현명한 선택이었다고 평가한다.

나는 이승만과 김구 두 지도자 모두 존경의 대상이 되어야 한다고 주장한다. 두 사람은 건국 과정에서 의견을 달리했지만, 원래 가까운 사이였다. 이승만은 상해 임시정부의 초대 대통령이었고 김구는 대통령 경호실장에 해당하는 경무부장이었다. 김구는 국제정세에 대해 탁월한 혜안을 가진 이승만을 형님처럼 깍듯이 대했다.

이승만과 김구는 우리 근현대사에서 우뚝 선 두 거목(巨木)이다. 평생을 항일 투쟁에 바치고, 상해 임시정부를 이끌며 독립운동을 이끌어 온 김구의 공로는 높이 평가되어야 한다. 1948년 제헌헌법의 전문은 "위대한 독립정신을 계승한다"고 명기하여 김구가 이끈 독립운동을 높이 평가하고 있다.

우리가 이들의 관계를 적대적으로 인식하고 폄하하거나 비난하는 것은 누구에게도 도움이 되지 않을 뿐 아니라, 이들의 뜻에도 반한다. 이승만, 김구와 동시대를 살며 그들과 함께 독립운동을 했던 허정이 자신의 회고록 『내일을 위한 증언』에서 남긴 두 사람에 대한 평을 소개하는 것으로 나의 의견을 대신하고자 한다.

"요즘도 간혹 백범(김구)의 노선에 따랐더라면, 남북 분단의 장기화는 피할 수 있었을 것이고 결국은 어떠한 형태로든 통일정부가 수립되었을 것이 아닌가, 하고 말을 하는 사람들이 있다. … 그러나 나의 입장을 말한다면 당시의 정세로 보아 남한 단독정부 수립은 최선의 길이었다. 그때 만일 남한에 민주정부가 수립되지 않았더라면, 우리나라의 공산화는 필연적이었을 것이라고 나는 지금도 굳게 믿는다. …

백범은 어떠한 희생을 치르더라도 이상에만 충실하려는 고집을 버리지 않았다. 하기는 통일정부를 수립하는 길이 없었던 것은 아니었다. 만일 자유민주주의의 신봉자들이 무조건 백기를 들고 공산주의자들 앞에 항서(降書)를 썼더라면, 공산정권의 수립으로 적화 통일의 길이 있었을 것이다. 공산주의자들이 요구하고 있던 것은 민주 진영의 무조건 항복이었다. …

그때나 지금이나 마찬가지지만, 이상적으로 말한다면 남북 분단의 비극을 막기 위해 우선 어떤 형태로든 통일정부를 수립하고 민주주의냐 또는 공산주의냐 하는 이데올로기의 선택은 그 다음으로 미루어 민의(民意)에 맡기거나, 또는 민주 진영과 공산당의 연립정부를 수립하는 것이 최선의 길처럼 생각될 것이다. 이러한 방식은 시기의 늦고 빠름은 있더라도 공산화라는 결말에 이르게 된다는 것은 2차 대전 후의 동구 제국(諸國)이 보여준 역사적 교훈이었다. 그런데 바로 이것이 백범이 추구하던 노선이었다. 당시의 현실을 괄호 속에 묶어두고 이상만을 앞세운다면 분명히 이것은 최선의 길이었을 것이다.

백범은 현실을 외면한 채 이상만을 추구하려고 했으나 우남(이승만)을 중심으로 한 남한 단독정부안 지지자들은 현실을 중요시하지 않을 수 없었다. 우리의 소망은 다만 통일정부 수립에만 있었던 것이 아니라 '민주적 통일정부의 수립'에 있었기 때문이다. … 백범이 이상을 위해 현실을 버릴 수 있는 스타일의 정치가였다면, 우남은 현실을 위해 이상을 유보할 수 있는 스타일의 정치가였을 뿐이다."

'통일' 에토스 넘어 파토스로

나는 지금도 '우리의 소원은 통일'이란 노래를 들으면 가슴이 울렁거린다. 아마 해방공간에서 통일정부의 꿈을 이루지 못하고 민족상잔까지 겪었던 비극이 한반도인들 사이에 깊은 상처로 남아있고, 나역시 예외가 아니기 때문일 것이다. 지금도 "가자 북으로, 오라 남으로"라는 구호가 나오면 자신도 모르게 감상에 빠지는 사람들이 많다. 이 구호는 4·19혁명으로 이승만 정권이 무너졌을 때, 또 박정희의 돌연한 서거로 '서울의 봄'이 펼쳐졌을 때 터져 나왔다. 질서가 허물어지고 치안 공백이 생겨날 때면 이 땅에서는 어김없이 '가자 북으로'라는 통일 지상주의가 판을 쳤다. 요즘 서울 도심 시위 현장에서도 가끔 들리는 것 같다.

나는 김구가 남한단독정부 수립을 반대하며 던진 성명을 다시 떠올려 본다. "나는 통일된 조국을 건설하려다가 38선을 베고 쓰러질지 언정…."

김구가 오늘날 통일의 아이콘으로 온 국민의 존경을 받게 된 데에는 이 한마디가 적지 않게 작용한 결과가 아닐까 생각한다. 북의 김일성은 당시 소련의 배후 지원 아래 나라의 틀을 갖춰놓고 정부수립 발표만을 남겨놓았을 때였다. 다만 분단의 역사적 책임논란을 피하기 위해 발표시점만 미루고 있을 뿐이었다. 김구가 38선을 베고 쓰러진다 해도 통일 조국은 이뤄질 수 없었던 게 당시의 엄연한 현실이었다. 국제정치의 시각에서 보면 이를 더욱 절감할 수 있다. 다시 강조하지만, 동서 냉전의 양대 축인 미국과 소련이 자신들의 이해에 맞춰 한반도 지형을 그려놓았는데 이들의 동의 없이 남과 북이 민족주의로 뭉쳐 통일한다는 것은 거의 불가한 일이었다. 우리의 통일 논의는 이후 이상의 나래를 타고 허망하게 남과 북을 떠돌았다는 게 나의 생각이다. 북한이 말하는 조국 통일은 간단하다. 북조선 공화국에 의한 남조선 적화 통일이다. 김일성은 북한이 경제적 우위를 유지했던 1960 · 70년대 줄기차게 남침의욕을 드러내며 도발했다. 김정일 · 김정은 등 3대 세습으로 이어지면서 이들이 집착하고 있는 핵정치(nuclear politics) 역시 남한적화를 위한 것이다. 더구나 남한사회는 북의 이렇게 일사분란하고 주도면밀한 대남 전략과는 달리 쪼개져 있다. 해방공간에서는 민주진영과 공산진영이 갈라져 싸웠고, 이후 좌우이념 대립의 와중에 친북(親北), 종북(從北) 세력까지 생겨나 통일 논의만 나왔다하면 온통 시끄럽다.

현실이 이러할 진대, 남북의 통일 노력이 온전할 리 없었다. 박정희와 김일성의 '7 · 4 공동성명' 이후 여러 차례 추진된 남북 간의 통일 논의를 보자. 남북 당국자들이 만나면 금방 논의를 진전시킬 것 같은 말의 성찬을 늘어놓는다. 하지만, 쟁점 사안의 협의에 들어가면 말꼬리 싸움을 벌이다 회담 자체를 무산시키는 경우가 많았고, 설사 합의한다고 해도 그 내용은 핵심 사안을 미뤄놓는 합의가 고작이었다. 남북이 만나면 무언가를 성사시킬 것 같은 경사 분위기에 쌓이곤 하지만, 이후 남북 사이에는 별 변화가 없었다. 이따금 이산가족상봉을 하고 개성공단을 발판으로 남북교류의 끈을 이어가고 있기는 하나 핵사

찰 등의 핵심 문제에는 어떤 진전도 없다. 여차하면 남한 땅에 핵 공격을 하겠다고 위협하는 북한과 정상적인 외교 거래가 가능할 리도 없다.

해방공간에서 생겨난 통일지상주의는 결국 이상론을 넘어 한국인의 정서 속에 깊이 들어앉았다. 통일지상주의는 이후 정권이 바뀔 때마다 겉치레의 남북대화로 끝냈던 남북당국자들에게 무언의 압력과 부담을 가하는 긍정적인 측면이 있었던 것은 분명하다. 그러나 부작용 또한 상당한 게 사실이다. 4·19혁명, 서울의 봄, 6·29선언 같이 사회질서가 흔들리는 정치적 격변기에 돌출해 무분별한 통일 논쟁에 불을 붙인 것은 물론 오늘날 종북주의자들까지 낳은 것이다. 이들이 김일성 왕조의 주체사상을 신념으로 받아들이고, 해방공간의 남로당처럼 남한 적화에 일조하는 세력으로 암약한다는 혐의를 받고 있는 것은 불행한 현실이다. '우리의 소원은 통일'이 이런 식으로 가자는 것은 아니지 않는가?

나는 통일지상주의가 단순한 인식차원의 에토스(ethos)를 넘어 민족감정의 선을 자극하는 파토스(pathos)로 전이되었다고 말하고 싶다. 여기에 이념이 얹어지고 '모 아니면 도'라는 식의 근본주의가 작용하면 통일 논의는 통일이 아니라 파국을 조장할 우려도 있다. 우리는 해방 이후의 현대사에서 그런 상황을 수차례 목도한 바 있다.

5

건전하고 합리적인
보수사회를 위한 제언

"국가의 정체성을 바로 세워 민주시민을 양성하는 일은 국가의
기본 책무가 아닌가? 정부가 좌우 이념논란에 휩쓸리는 게
거추장스러워 본연의 업무를 방기하는 바람에 민주시민 교육이
좌표를 잃고 있는 것은 큰 문제이다."

"옛 일을 잊지 않으면, 이는 훗날 스승노릇을 하게 된다(前事之不忘, 後世之師也)."

사마천(司馬遷)이 『사기(史記)』의 「진시황본기(秦始皇本紀)」에서 천하통일의 대업을 달성하고 허망하게 무너진 진나라를 총평하며 남긴 격언이다. 무려 2,000여 년 전 설파한 말이지만 인류사의 흥망성쇠를 꿰뚫어 온 통찰력이 돋보인다. 얼마나 많은 역사가 과거를 잊거나 묵살했다가 속절없이 사라졌던가? 어제의 역사는 내일을 비추는 거울이다. 이를 진실처럼 되뇌면서도 번번이 잘못된 전철을 밟는 나라와 민족은 오늘날에도 숱하다.

우리 역시 '역사를 모르는 민족'은 아닌가 자문해 본다. 아니 역사를 놓고 사분오열 갈라져 싸우다 보니 그 실체를 잃어가고 있다고 해야 옳을 듯하다. 덩달아 나라의 정통성이 흔들려 국민 모두가 혼란에 빠져 있는 것은 물론이다. 한 나라의 정통성은 과거 신정(神政)이나 왕정(王政)이 아닌 다음에는 하루아침에 생겨나기 어렵다. 역사를 창조하고 발전시키는 과정에서 정통성은 축적되고 바로 세워지는 것이다.[46] 앞서 살펴보았지만, 대한민국의 정통성은 70년에 가까운 세월 동안 필연과 우연이 뒤섞이면서 시대적 요구에 따라 쌓여왔다. 더구나 식민지에서 갓 해방되어 저개발국가로 출발한 나라치고는 전대미문의 성공 사례를 남겨 그 정통성의 의미는 훨씬 값지다 하겠다.

덫에 걸린 현대사, 정돈해야

그런데 이처럼 위대한 역정을 폄훼하고 부정하며, 심지어는 단죄해야 한다고 외치는 소리까지 나오면서 우리의 현대사는 마냥 꼬여가고 있다. 옳든 그르든 지나간 역사는 모두 우리의 것이다. 사마천의 말대로 보다 나은 후세로 가기 위해 스승으로 삼아야 할 민족의 자산이다. 그런데 '나는 옳은데 너는 그르다'는 식의 명분론적 잣대를 여기저기 들이대면서 역사가 온 국민의 시빗거리로 전락해버린 것이다. 여기에다 정치적 요인에 좌우 이념의 갈등이 혼란스럽게 얽혀져 국가의 정체성을 심각하게 흔드는 상황까지 낳고 있다. 내가 대한민국 국민이라면 어떤 역사관을 가져야 하는 것일까? 대한민국은 자유민주주의를 신봉하며 시장경제를 추구하고 있는가? 해방 이후 갈라져 적화통일의 야심을 버리지 않는 3대 세습의 북한정권을 어디까지 용인해야 할 것인가? 요즘 같으면 이 같은 여러 질문에 선뜻 답변을 내놓기조차 어렵다.

우리는 지금 대한민국이라는 공동체에서 함께 살면서도 역사관이나 정체성을 공유하지 못하고 있다. 근대화의 논리대로라면 한 나라의 국민 자격이 없다 할 만큼 치명적인 결함을 갖고 있는 셈이다. 대한민국 정통성의 균열상은 그래서 더욱 심각하다. 이승만이나 박정희 대통령은 독재를 했다고 해서 정통성이 없다고 말하는 부류가 있다. 반면, 김대중이나 노무현 대통령은 민주화를 오용해 사회갈등을 조장하고 종북주의까지 키웠다고 비난하는 부류가 있다. 이른바 산업화 세력과 민주화 세력이 서로가 맡았던 시대의 정통성을 공격하고 부정해가며 현대사를 만신창이로 구겨놓고 있는 형국이다.

대한민국 사회의 경쟁력은 세계 어느 나라보다도 뛰어나다. 이는 G11에서 세계 경영에 개입할 정도로 위상이 올라간 데서 확인할 수 있다. 우리의 미래는 국민 모두가 합심해 잠재력을 한껏 발휘하면 얼마든지 발전적으로 끌고 갈 수 있다. 하지만 역사를 놓고 싸워 나라의 정통성이 부실해지고, 국민의 정체성이 흔들려 헤매고 있다면 이런 위기는 없다. 그동안 착실하게 쌓아온 경제대국의 입지가 허물어질 가능성도 걱정해야 한다. 이웃 북한에서 시도 때도 없이 방사포를 쏘아대고 핵무기로 위협하는데도 북한정권에 대해 온정적인 사람들이 너무 많다. 만성적인 안보 불감증은 징후가 워낙 심해진 터라 어쩔 수 없다 치자. 북한의 독재나 인권말살에는 눈감으며 엉뚱하게 우리의 민주주의를 문제 삼는 '외눈박이' 민족주의자들은 도대체 어떻게 설명해야 하나? 지난 역사에서 중심 없이 흔들리며 내분에 싸여있던 나라는 여지없이 망하고 말았다. 위기를 위기인지 모르고 "설마"하며 넘기려는 안일함처럼 위험한 것은 없다. 조선의 망국에서 이미 절절하게 목도한 바 있지 않은가? 우리가 과거의 역사를 잊고 있다면 실로 엄청난 불행이다.

지금은 분명 난세이다. 무엇보다 대한민국의 현대사를 시급하게 바로 잡아야 한다. 올바른 현대사를 통해 나라의 정통성과 국민의 정체성을 바로 세워야 진보의 역사 궤도에 올라서 보다 진화된 사회로 나아갈 수 있다. 그 선결 요건으로 사회 전반이 자유민주주의의 합리적인 룰에 따라 돌아가는 환경을 조성해야 한다. 이를 위해서는 국민 모두가 민주국가의 시민으로서 합리적인 판단과 선택을 할 수 있게 역량을 갖추도록 하는 교육이 필요하다. 유감스럽게도 우리는 체계적인 민주시민교육을 받지 못했다. 어찌 보면 교육을 받을 여유가 없었다고 해야 맞다. 산업화 시절에는 권위적인 리더십에 눌려 민주적인 욕구를 유보한 채 살아야 했다.

그야말로 먹고 살기에 바쁜 시절을 보내오지 않았는가? 반면 민주화 시절에는 대통령들이 역사 전쟁의 한복판에서 진영의 투사로 나서는 바람에 민주교육을 시켜야 할 책무를 스스로 저버리고 말았다. 이들은 말로는 소통과 화해를 외쳤지만 자신의 편이 아니면 모두 굴복시켜야할 적이었고, 오로지 자신의 편을 확장하는 데 관심을 쏟았다. 결국 김대중·노무현 정권 10년 동안 역사, 문화, 이념 등에서 좌파논리가 판을 쳤고, 좌편향 학자들 사이에서 대한민국을 폄훼하고 부정하는 조직적인 움직임이 벌어지면 현대사는 굴절되기 시작했다.

우리는 산업화 시절에 오로지 반공주의를 좇았고, 민주화 시절에는 좌파논리에 따른 혼돈의 민주주의를 강요받아야 했다. 이렇다 보니 민주시민으로서 균형감각을 갖추지 못해 공공의제나 사회갈등을 다루고 처리하는 능력이 미숙하기 짝이 없다. 한번 싸움이 벌어졌다 하면 확실한 승패가 가려져야 한다. 타협이나 협상은 없다. 오로지 나에게 상대방이 굴복해야만 싸움이 끝난다. 이런 사생결단은 구한말 개화파와 수구파의 싸움에서부터 해방정국의 좌우대결, 그리고 민주화 이후의 이념대립 등으로 이어지고 있다. 결국 이승만과 박정희의 권위주의 시절에는 우리 국민의 '끝장을 보는 싸움의 DNA'가 억제되었던 것은 아닌가 싶다.

민주정치의 백미는 조화이다. 여기저기의 다양한 견해와 생각을 한데 모아 토론을 통해 타협과 협상의 기술을 발휘해가며 합일점을 찾아내는 것이다. 민주사회에서 서로 다른 견해와 생각을 놓고 벌이는 싸움은 당연한 현상이다. 하지만 그 싸움은 접점을 찾아가는 과정일 뿐이다. 국민이 조화를 이루지 못하고 접점을 찾지 못하는 민주주의란 있을 수 없다. 조화가 불가능한 사회는 정치적 · 이념적 갈등에 이끌리는 내분만이 존재할 뿐이다. 내분을 조장하는 정치는 민주주의가 아니다.[47] 우리는 지금 조화 불능의 사회에 놓여있다. 민주주의는 그저 형식에 불과하다. 정치권이나 시민단체, 압력단체, 심지어 종북단체까지 자신들의 이해를 온 국민의 진실인 양 선동하고, 그 수단으로 민주주의를 팔아먹는 사례가 일상사처럼 벌어진다. 대화와 타협, 그리고 조화를 모르는 이런 파행상으로 인해 우리의 민주주의는 하염없이 구겨지고 있다.

대한민국을 이제 정돈할 때가 되었다. 자유민주주의와 시장경제는 우리의 성공을 떠받쳐온 소중한 가치들이다. 성공의 과실이 위대했던 만큼 그 그늘이 깊었던 것 또한 사실이다.

그러나 자유민주주의와 시장경제에는 영광과 상처를 모두 아우를 만한 힘이 있다. 신자유주의 폐해로 인한 양극화의 해소, 경제민주화의 실현, 무너진 중산층의 복원 같은 당면한 문제들은 산업화와 민주화를 거친 현대사의 연장선상에서 해결책을 찾아야 한다. 그러기에

서민과 중산층을 보호 육성하는 것은 자유주의적 신보수의 지향점이라고 아니할 수 없다. 이는 현 자유한국당의 혁신정책이기도 하다. 자유민주주의를 기조로 하여 충분한 해법을 제공하리라 믿는다. 우리 사회 이념의 스펙트럼은 사회주의에서 더 나아가 공산주의를 운운하는 세력까지 생겨날 만큼 아주 다양해졌다.

자유민주주의는 사회민주적 요소까지 얼마든지 포용할 수 있을 정도로 아주 유연한 탄력적인 사조이다. 아직도 과거의 반공이 아니냐 해서 탐탁지 않게 여기는 소리가 나오고 있지만, 이승만과 박정희가 싫어 무조건 백안시하려는 사람들의 이해가 부족해서 나온 것이다. 누누이 강조하지만 대한민국의 근대화에서 아직 국민통합은 완결되지 않았다. 국민 모두가 민주주의를 끌고 갈 시민으로서 소양을 제대로 갖춰야 근대화의 대미를 장식하게 된다.

이를 위해선 무엇보다 민주시민교육을 강화하고 허물어진 법치를 바로 세우는 일이 선행되어야 한다. 그런 다음 자유민주주의와 시장경제를 토대로 대한민국 국민의 정체성을 확립해야 할 것이다. 대화와 타협, 조화가 가능한 명실상부한 민주사회라면 서로 다른 생각을 하는 사람들일지라도 사회통합의 미학을 함께 누리며 선진 국가를 만들어 낼 수 있으리라 확신한다.

민주시민교육으로 새로운 국민 양성

우리는 풍요로운 세상을 만드는 데 집착하면서 물질만능의 배금주의를 좇아 상대적으로 정신문화의 함양을 등한시해왔다고 할 수 있다. 물론 민주주의를 제대로 실천하지 않았다 해서 이승만·박정희 대통령을 비판하는 부류가 있지만, 이들을 마냥 매도해서는 곤란하다. 이승만 대통령은 반공주의와 반일 민족주의를 강조하며 공산주의의 위협을 물리치고 국가를 지켜야 할 이념을 국민들에게 심어줬다. 박정희 대통령은 높은 경제성장과 소득증가, 수출확대로 국민 개인의 삶에 긍정적인 자부심을 심어주며 대대적인 정신개조를 했다고 평할 수 있다. "우리 국민은 할 수 있다"는 "can-do spirit"에 대한 확신감을 심어준 것이다. 국가건설의 사관에 따라 살펴보면 이들은 건국과 산업화의 역할 분담을 해가며 거기에 적절한 정신적인 가치를 국민에게 심어줬다고 할 수 있다.

문제는 '87년 체제'로 출범한 민주화 시대의 목표는 국민화합과 통합을 목표로 평화통일을 위한 민주발전이어야 하지만, 30년이 가까워 오는 지금까지 이렇다 할 진전이 없다는 사실이다. 민주화 이후에도 지역주의, 가신주의, 인치주의, 부패, 권력의 사유화가 국민에 의해서 공정하게 선출된 민주적 지도자 사이에도 만연하였음을 부인할 수 없다. 특히 지역주의는 민주화 이후 대한민국의 공화주의, 공공성의 실현을 막아온 장애물이었다.[48] 대통령이나 여야 정당의 권위주의는 이전이나 마찬가지로 여전하고, 사회적으로 가치관의 혼란과 무질서가 팽배하며, 교육은 민주시민교육과는 동떨어져 전교조 교육의 병폐에서 벗어나지 못하고 있다. 특히 김대중·노무현 정부에서 합법화한 전교조가 일선 교육현장에서 친북좌파이념을 확산시키면서 독재의 북한체제를 학생들에게 주입시키는 기막힌 일까지 벌어지고 있다. 우리는 대통령 직선제를 쟁취한 에너지를 민주시민교육에 쏟아 부어 민주시민정신에 투철한 시민 양성을 통해 민주주의를 내실화하는 단계로 전진해 나가야 마땅하다. 하지만 불행하게도 심각한 지체현상을 겪고 있다.

민주시민은 곧 '깨어있는 국민'

　민주정치는 정치인들만 하는 게 아니다. 나라의 주인인 국민 모두의 합작품이 곧 민주주의이다. 국회에서 여야 정치인들이 제몫을 챙기느라 싸우고, 대통령과 정부가 저항에 부딪쳐 정책 하나 올바르게 추진하지 못하면 이들에게 온갖 비난이 쏟아진다. 하지만 모든 것을 위정자들의 탓으로 돌리는 것은 합당하지 않다. 우선 이들을 선출한 유권자들에게 책임이 있고, 정부 정책에 반대하는 세력들 또한 책임을 져야 한다. 이는 대의민주주의 정치의 핵심 원리이다. 자신이 선출해 권력을 위임한 대통령이나 국회의원이 잘못하면 우선 "내가 선택을 잘못했다"는 자책을 해야 옳다. 그런데 문제가 생기면 대통령을 공박하고 물고 늘어진다면 자신의 생사여탈권을 군주에게 맡겼던 시절의 신민(臣民)이나 다름이 없다.

　우리는 지금 무지몽매했던 조선시대 백성도 아니고 군주의 명령이 내려지면 물불을 가리지 말아야 했던 중세 봉건시대의 농노도 아니다. '씨알의 소리'를 외친 함석헌은 국민들이 깨어나야 한다고 강조한 바 있다. 깨어있는 국민이라야 정치도 바꾸고 나라도 바꾸고 민주주의도 제대로 할 수 있다고 한 것이다. 함석헌의 깨어있는 국민인 '씨알'은 곧 민주시민을 뜻하는 말이다.

　서구사회에서 시민의 등장은 나라에 따라 길게는 3백~4백년, 짧게는 1백~2백 년 동안 이뤄졌다. 시민계급이 생겨나 이들이 계급의 목소리를 내기까지는 무엇보다 필요조건인 물질적 생존의 자율성을 확보하는 게 급선무였다. 절대왕권의 시절에는 스스로 자신의 생활을 책임지지 못하는 사람들이 신분적 자유나 권리를 향유한다는 것은 상상할 수 없는 일이었다. 서구의 시민들은 스스로 자립의 경제적 토대를 쌓아가며 왕이나 봉건귀족들과 투쟁하는 우여곡절을 겪어야 했다. 그러면서 개개인이 자신의 일에 책임을 지는 공민(公民)의식을 지니고, 이를 바탕으로 의사소통 채널을 확보해 공론의 영역을 구축하고 시민문화(civic culture)를 쌓아가며 시민사회를 이끌어 온 것이다. 오늘날 서구 국가들이 '국민적 자유'를 '시민적 자유'라 하고 '국민적 권리'도 '시민권(civil rights)'이라고 하는 것은 공간적으로 독립하고 정치·경제적으로 자율권을 가졌던 중세 도시의 시민에 국민의 연원을 두고 있기 때문이다.[49] 근대 민주주의는 시민계급이 프랑스혁명의 배후에서 정치경제적 입지를 강화하고 자신들의 외연을 확장하며 발전시켜온 것이다. 서구의 시민들은 국가권력을 견제하는 세력으로 성장하면서 스스로 자기 자신의 행동에 책임을 지며, 타인을 배려하며, 자신에 가해지는 불이익에 정정당당하게 대처한다는 덕목을 체득했다. 따라서 민주주의란 정치체제는 곧 이런 덕목에 따라 움직이는 시민사회의 산물이며, 오늘날 정치권력에 정당성을 부여하고 있다고 할 수 있다. 전통과 근대가 뒤섞여 오랜 사회적 학습이 필요했던 시민사회의 형성에는 이렇게 수 백 년에 걸친 세월이 필요할 수밖에 없었다.

시민사회는 민주주의 헌법이 채택되었다고 해서 갑자기 나타나는 것은 아니다. 더구나 우리의 경우 자유민주주의 국가로 출발했으나 조선왕조의 신분제 사회구조를 미처 극복하지 못한 채 식민지배에 놓여 있다가 강대국에 의해 해방된 처지에서 성숙한 시민사회를 기대조차 할 수 없었다. 사실 어느 나라든 민주적 정치체제는 작동 시작부터 '국민적 정당성'을 갖추는 경우는 없다고 해도 과언이 아니다. 민주적 정치체제는 차츰 변화하고 발전하면서 정당성의 기반을 넓혀나가는 것이 일반적인 경향이다.[50] 우리처럼 근대화 역사가 일천한 나라에서는 더욱 그렇다. 민주주의가 수입된 터라 국민이 직접 참여해 보고 배우며 익혀가는 과정이 국가권력의 정당성 형성에 더욱 기여한다고 봐야하기 때문이다. 서구 선진국들도 부단하게 민주시민교육을 하고 있지만, 우리에게는 그런 교육이 더욱 절실하다고 하겠다. 근대화가 자체가 압축 성장이었듯이 민주시민교육도 어느 정도 속성의 필요성이 있지 않겠는가?

어느 민주주의에서든 교육을 받지 못한 시민이 좋은 결정을 내릴 수는 없다. 유감스럽게도 우리의 역대 정권들은 체계적으로 민주시민교육을 실시하지 못했고, 지금도 부실하기 짝이 없다. 특히 민주주의의 공고화를 논해야 할 요즘 시민교육의 문제가 제기될 때마다 정치의 교육 불간섭을 규정한 헌법 31조4항을 들먹이며 애매모호하게 대처하는 교육당국의 처사는 한심하기까지 하다. 국가의 정체성을 바로 세워 민주시민을 양성하는 일은 국가의 기본 책무가 아닌가? 정부가 좌우 이념논란에 휩쓸리는 게 거추장스러워 본연의 업무를 방기하는 바람에 민주시민교육이 좌표를 잃고 있는 것은 큰 문제이다.

다시 홍익인간(弘益人間)을 제안한다

대한민국 국민이 민주시민으로 성숙하려면 어떤 인간상을 추구하는 게 좋을까? 민주시민의 교육이념을 구체화하려면 인간상을 분명히 제시해 왜 교육을 받는지 목적의식을 갖게 할 필요가 있다. 나는 단군신화에서 나오는 '홍익인간(弘益人間)'을 가장 바람직한 인간상으로 제안한다.

홍익인간은 인간세계를 이롭게 한다는 뜻으로 『삼국유사』의 단군신화의 첫머리를 장식하고 있다. 우리나라 정치·경제·사회·문화의 최고 이념으로 받아들여지며, 윤리 의식과 사상적 전통의 바탕을 이루고 있어 국민 누구나에게 친숙한 말이다.

"〈고기(古記)〉에 이르기를, 옛날에 환인(桓因)의 아들인 환웅(桓雄)이 자주 세상에 뜻을 두어 인간 세상을 탐내므로(數意天下 貪求人世), 아버지가 아들의 뜻을 알고 삼위 태백(三危太伯)을 내려다보니 널리 인간을 이롭게 할 만했다(下視三危太伯 可以弘益人間)."

홍익인간은 대한민국 교육기본법 2조에서 다음과 같이 언급된다.

"교육은 홍익인간의 이념 아래, 모든 국민으로 하여금 인격을 도야하고 자주적 생활 능력과 민주시민으로서 필요한 자질을 갖추게 하여 인간다운 삶을 영위하게 하고, 민주국가의 발전과 인류공영의 이상을 실현하는 데 이바지하게 함을 목적으로 한다."

홍익인간의 교육이념은 미군정(1945~1948년) 때 결성된 조선교육심의회에서 제안되어 1949년 제정된 교육기본법에 명기된 것이다.

당시 교육심의회 일원이었던 백낙준은 민주주의와 연관시켜 홍익인간을 다음과 같이 정의하고 있다.

"완전한 인간을 완성하는 데 우리의 민주주의 기본 정신을 발휘하고, 사랑으로써 완전한 인간이 되는 모든 자질을 구유하고 있고, 이렇게 완전한 교육을 받은 다음에는 그 주견과 지식을 사회에 나아가서 행동할 때, 다른 사람 혹은 사회복리를 위하여 공헌할 수 있는 사람을 만들고자 하는 것이 홍익인간이다."[51]

이렇게 완벽한 민주시민이 가능한 것일까? 조목조목이 민주시민으로서 지녀야 할 덕목을 그대로 드러내고 있다. 이 정의대로라면 서구에서 수입한 민주주의를 무색케 할 만큼 우리 조상들은 홍익인간을 통해 민주적인 이상향을 실천할 수 있었던 게 아닌가 감탄할 정도이다. 이승만·박정희 대통령 시절 권위주의 권력을 떠받쳤던 이데올로기라고 해서 이 훌륭한 이념을 홀대하고 있는 현실이 안타까울 뿐이다. 그러나 민주시민교육을 통해 성숙한 시민을 길러내고, 이를 발판으로 선진사회로 가기 위해서는 국민의식개조 차원에서 홍익인간상을 체득하고 실천하는 노력이 절대적으로 필요하다. 홍익인간에는 민주적 자질의 요소와 민주적 공동체의 구성 원칙과 실천 내용이 모두 들어있지 않은가?

우리의 7차 교육과정에서 다루고 있는 민주시민과 관련된 부분을 소개한다.

"민주시민 자질의 구성요소에는 타인을 존중하고 대화하는 시민성, 개인의 책임, 자율, 시민다운 마음, 개방적인 마음, 원칙 존중과 타협, 다양성에 대한 관용, 인내와 지구력, 정열, 관대함, 국가와 그 원칙에 대한 충성 등이 있다. … 우리가 함께 살아야 할 민주적 공동체는 모든 개인의 자유, 평등, 인권이 보장되며 존중되는 사회이다. 이처럼 자유와 평등, 그리고 인간의 존엄성을 소중히 여기는 인간, 더불어 살아가며 공동체의 발전에 기여하는 사람을 길러내는 일이 민주적 공동체의 이상이다."[52]

내용이 구구절절 백낙준의 설명과 다르지 않다. 민주의식이 투철하고 사회복리를 위하여 봉사하는 홍익인간상을 자세히 열거한 것이다. 대한민국에서 선진시민교육이란 한마디로 자주적·사회적·민주적 인간의 집합체인 홍익인간을 길러내는 것이다. 이제 이념이나 정파적 이해 때문에 헛된 교육상을 남발할 게 아니라 홍익인간의 이념에 맞춰 민주시민을 길러내고 국가의 정통성을 세워나가기 바란다.

요람에서 무덤까지, 가정의 역할 중요

민주시민교육의 출발점은 가정이다. 일생에 필요한 것은 모두 유치원에서 배운다는 말도 있다. 자녀의 인성발달에는 그만큼 부모의 책임이 크다는 사실을 알 수 있다. 부모 자신이 민주시민 역량을 갖추지 못했다면 아이 또한 그렇게 성장할 가능성이 크다. 공공의 문제와 자신의 문제를 가릴 줄 알고 공동체의 일원으로 살기 위해서 타인과의 관계를 어떻게 유지해야할지는 일상생활에서 주지시켜야 한다. 질서나 협동, 근면, 책임준수 같은 민주시민이 갖춰야 할 덕목을 어릴 때부터 반복적으로 실천해 습관으로 굳어지게 해야 함은 물론이다.

민주시민의 자질과 덕목의 함양은 초·중·고교와 대학의 학교차원에서 심화시켜나가야 한다. 학교는 학생에게 단순히 지식을 전수해 상급학교에 진학시키는 곳이 아니다. 이들에게 사회의식과 정치의식을 길러주고 민주시민을 만들어 사회와 나라의 훌륭한 일꾼을 육성해내는 책무를 다해야 한다. 미국과 영국, 독일 등의 선진민주국가에서 학교는 국민으로서 소속감과 애국심, 정치와 사회현상을 판단하고 평가하는 능력, 정치적 식견 같은 시민의식을 함양하는 국민훈련기관으로 기능하고 있다.

성인에게도 민주적 소양을 키우기 위한 시민교육은 계속되어야 한다. 복잡다단한 일들이 쉴 새 없이 벌어지는 현대사회에서 모든 사람이 공공 의제에 매달리지 못한다. 실제 생업에 바쁜 사람들이 국회의 입법 활동이나 정부의 정책발표 등에 귀를 기울일 여유가 없다. 이런 틈을 타 포퓰리즘이 난무하고 유권자를 기만하는 위정자들의 선동이나 불법행위가 속출해도 막을 도리가 없다. 양당제의 국회가 사실상 독재정치를 하고 국민은 이에 무력증을 드러내면서 정치 불신이 노골화하고, 결국 민주정치가 소수에 의해 놀아나고 있는 게 오늘날 정치 현실이다. 더구나 SNS나 온라인 기기를 이용해 정파의 논리나 이해를 대변하는 선동에 대책 없이 흔들려 무엇이 민심인지 가늠할 수 없을 만큼 혼란스럽다. 성인들을 대상으로 한 민주교육은 미디어와 시민단체들이 해야 한다. 정부나 국회, 여타의 단체들에서 쏟아져 나오는 정보를 정확하게 분석하고 비판해가며 민주시민이 합당한 추론에 따라 합리적인 선택을 하게끔 도와줘야 한다. 그러나 미디어와 시민단체들이 사회적 공기로서 제구실을 못하고 있어 유감이다. 미디어는 미디어대로, 시민단체는 시민단체대로 좌·우싸움에 휘말려 오히려 혼란을 부추기고 있으니 기가 막힐 따름이다.

학생이든 성인이든 대한민국 국민을 홍익인간상에 따라 민주시민으로 길러내기 위해 다음과 같은 세 가지를 각별하게 유념하기 바란다.

첫째, 헌법교육 철저하게 하자. 헌법은 한 나라의 사회문화적 바탕 위에 제정되고 사회변화에 따라 달라진 시대상을 반영한 것이다. 따라서 헌법정신은 역사를 켜켜이 채워온 한 나라의 정치사회적인 응축물로, 곧 정체성을 담고 있다고 하겠다. 선진 민주국가들이 헌법 이념을 중시하며 민주시민교육에 포함시켜 자세히 가르치고 있는 것은 이처럼 국가의 정통성이나 정체성과 이어져 있기 때문이다. 그러나 우리 헌법은 정치문화적 전통과는 관계없이 어느 날 갑자기 해외에서 들여온 것이라 국민 개개인에게 체화되지 못한 채 겉돌고 있는 인상이다. 실제 민주헌법이 도입된 지 70년에 가까워가고 있지만 우리나라가 추구하는 기본 이념과 가치관이 무엇인지, 그리고 이를 일상생활에서 어떻게 실천해야 하는지 제대로 아는 사람이 많지 않다. 헌법은 우리 국민이 추구해야 할 기본 가치와 목표, 국가운영의 기본 원칙과 절차를 담고 있으나 국민생활의 길잡이 노릇을 하고 있다고 보기 어렵다. 다시 말해 우리는 민주주의만 부르짖었지 민주주의의 바탕이 되는 헌법을 존중하고 올바로 이해해 실천하는 데는 소홀이 해온 것이다.

이 때문인지 헌법의 정신과 이념이 무엇인지 잘 모르는 사람들이 국회의원이나 공무원이 되어 국가경영의 중책을 맞는 경우가 허다하다. 그뿐만 아니다. 툭하면 대통령이나 국회, 정당, 시민단체가 자신들의 이해에 맞지 않는다 해서 헌법을 부정하는 언동을 일삼는다. 세월호 사건을 보자. 피해자들이 구성하는 진상조사위원회에 수사권과 기소권을 주자는 어이없는 주장을 국회의원은 물론 법조인들까지 나서 거들지 않았던가? 헌법에서 보장하는 3권분립의 원칙을 눈앞의 정파적 이해에 맞춰 아무렇지 않게 허물자고 하는 게 이 시대 위정자나 법조인, 지성인들이다. 헌법을 유린하면서도 당당하게 떠드는 이들의 지적 수준을 어떻게 설명해야 할지 모르겠다.

국가경영을 책임지는 사람은 물론 일반 국민도 헌법을 제대로 알도록 해야 한다. 그래야만 공공의제에 대해 합리적인 판단을 하고, 나아가 시민으로서 필요한 책임과 의무를 다할 수 있다. 미국에서는 초등학교부터 대학에 이르기까지 헌법에 대해 자세히 가르친다. 국민이라면 먼저 헌법의 중요성을 인식하고 헌법에 따라 살아야 한다는 명제를 깊이 새기게 된다. 그 틀 안에서 살아야 개인은 물론 공동체가 발전적으로 나아갈 수 있다는 오랜 경험을 교훈으로 받아들이고 실천하고 있기 때문이다. 정부가 앞장서서 각급 학교의 교과에 헌법의 내용과 헌법이 추구하는 가치를 넣어 가르치도록 해야 한다. 각종 국가고시와 공무원 시험, 기업체의 채용시험 등에도 헌법 과목을 필수로 넣을 필요도 있다.

둘째, 국민의 토론능력 개발에 만전을 기하자. 민주시민의 또 다른 주요 덕목은 세상사를 보는 안목과 지혜를 늘려 통찰력을 기르는 일이다. 우리는 곳곳에서 벌어지는 일들을 일일이 알 수 없다. 그렇다면 기초적인 지식을 쌓아 추론을 통해 시시비비를 가려내는 능력을 갖춰야 올바른 판단을 기대할 수 있다. 통찰력과 추론 능력을 키우는 가장 유효한 방법은 토론에 있다. 토론은 학생들이 성인으로 자라 사회생활을 할 때 필요한 무기이기도 하다. 학교에서 토론하는 훈련을 받지 못하면 남의 이야기를 듣지도 못하고 자신의 생각도 전하지 못하는 지진아로 소외될 수도 잇다. 한때 말 잘하면 빨갱이란 말도 들어야 했다. 하지만 지금 토론능력은 민주시민이 갖춰야 할 기본 자질이다.

독일의 철학자 위르겐 하버마스(Jurgen Habermas)는 의사소통행위에 필요한 조건을 다음과 같이 제시한다. 첫째, 모든 참여자들에게 동등하게 말할 기회를 보장하고, 둘째, 모두에게 질문하고 주장의 논거를 대거나 반박할 수 있는 동일한 기회를 제공해 어떤 의견도 비판 대상에서 제외되는 일이 없도록 해야 하고, 셋째, 자신의 태도, 감정 의도 등을 표현할 수 있는 동등한 기회를 가져 자기 자신을 타인에게 솔직하게 드러낼 수 있게 해야 하며, 넷째, 명령하고 반대하고 허락하고 금지하는 행위를 할 수 있는 동일한 기회를 제공해 어느 한쪽이 특권을 갖지 않도록 해야 한다.

사람마다 물적 · 지적 자본이 다르고 언술 능력도 달라 이런 대화 조건들은 원천적으로 불가능할 것이다. 하버마스 자신도 토론 절차의 합리성을 강조한 이상형(ideal type)이라며 훗날 이런 조건을 수정한 바 있다. 그러나 토론학습에 참여하는 사람들에게는 반드시 숙지시킬 필요가 있다. 설사 자신의 견해가 옳다 해도 상대방의 견해를 존중하고 인내심을 갖고 들어주는 자세가 민주적인 토론에서는 지켜져야 하기 때문이다. 상대방의 이야기를 듣고 차이를 인정하며 접점을 찾아가는 토론의 절차와 방식은 성숙한 민주시민들이 공동체를 합리적으로 이끄는 최선의 도구임은 더 말할 나위가 없다.

『실락원(Lost paradise)』의 저자 존 밀턴(John Milton)은 "여러 사람의 견해가 부딪치는 과정에서 선과 악이 대결하면 필연적으로 선이 승리하니 어떤 생각이든 풀어놓고 다투도록 하라"고 했다. 인간의 이성이 제대로 작동하면 반드시 시시비비를 가려낼 수 있다는 밀턴의 입장에 전적으로 동조한다. 민주시민사회에서 토론의 백미는 옳고 그른 것을 가려내 개인과 사회, 나라를 올바른 방향으로 이끄는 데 있기 때문이다. 학교에서 정상적으로 토론 수업이 이뤄진다면 전교조

교사들에 의해 일방적으로 주입되고 있는 친북좌파논리도 설 땅을 잃게 될 것이라고 본다. 국민 각자가 합리적인 토론을 거쳐 대화와 타협하는 능력을 키워 통찰력을 갖게 된다면 우리 사회의 부조리를 모두 정상으로 돌려놓게 될 것이다. 이것이 바로 민주정치의 기본이 아닌가?

셋째, 합리적인 다수결의 논리를 공유하고 실천하자. 민주적 의사결정의 핵심인 다수결은 한국 땅에서 수난을 겪고 있다. 권위주의 시절에는 법과 절차를 무시하는 수단으로 남용되었고, 민주화 이후에는 이해가 맞지 않으면 승복하려 들지 않아 거의 무용지물이나 마찬가지이다. 대한민국 국회는 한때 권력의 시녀라는 오명을 들어가며 다수결의 원리에 충실한 거수기 노릇을 한다고 해서 비난을 받았다. 지금은 다수결의 표결을 육탄(肉彈)으로 막는 것도 모자라 법적 장치까지 만들어 놓고 정파적 이해를 다투느라 여념이 없다. 입을 열었다 하면 민주주의를 외치는 사람들이 민주제도를 사용할 줄 몰라 벌어지는 한심한 작태이다. 민주주의의 전당인 국회가 이럴진대 다수결이 과연 우리 사회에서 제대로 작동하고 있을지는 극히 의문이다.

다수결이 다수의 횡포로 귀결되면 하나의 의사결정은 폭력이나 다름없게 된다. 우리는 여기저기서 터지는 숱한 갈등을 여차하면 다수결로 누르는 경우를 적지 않게 겪어왔다. 소수가 동의하지 않거나 소수를 배제하는 다수결은 항상 횡포로 변질될 우려가 있다.

존 스트워트 밀(John S. Mill)은 『자유론(On liberty)』에서 다음과 같이 설파했다.

"인간은 공동체 안에서 서로 당기고 영향을 주면서 공존한다. 그 안에서 진리를 찾으려면 토론이 필수이다. 개인의 잘못은 토론과 경험의 과정을 통해서 시정될 수 있으며 개인의 의견이 아무리 진실한 것일지라도 토론을 거치지 않는다면 진리가 아닌 죽은 독단(dogma)이 될 수밖에 없다, 따라서 누구에게나 마음의 문을 열어놓아야 하며 의견의 다양성을 유익한 것으로 봐야한다. 다양성을 통해 모아진 것이 여론이며, 여론의 힘은 대중의 힘인데 여기에서 중산층은 사회적 견해의 중심을 잡을 수 있는 계층으로 교육을 통해 형성된다. 이른바 최대 다수의 사람들로 이들은 자신들의 존엄성을 스스로 지킬 수 있는 존재들이다."

밀이 말하는 '최대 다수의 사람들'에게는 곧 다수결의 원리가 들어 있다.

다수결은 충분한 토론을 거친 다음 합일점이 찾아지지 않을 때 불가피하게 선택하는 결정 방식이다. 다시 말해 다수결에 의한 결정을 존중하겠다는 의사소통 참여자들의 동의를 전제로 해야 하는 진정한 민주적 결정방식으로 효력을 발휘하는 것이다.

민주주의에서는 모든 사람의 의견을 존중한다. 또 문제가 발생하면 개인이나 집단 간에 다른 의견을 낼 수 있다. 다른 의견에 대해 대화와 타협을 통해 의견 접근을 시도하는 등 필요한 노력과 절차는 반드시 거쳐야 한다. 그럼에도 합의가 이뤄지지 않는다면 다수결로 결정해야 한다. 어떻게든 결론을 내야 사회와 나라라는 공동체가 굴러갈 수 있지 않겠는가? 다수결로 문제의 해결책이 나오면 소수도 승복해야 한다. 물론 소수의 의견을 무시해서는 안 되며, 토론과정에서 그 의견을 반영하거나 다른 방법을 통해서라도 고려해야 한다.

충분한 절차와 규정을 거쳤는데도 다수결을 무조건 다수의 횡포로만 몰아붙이는 것은 옳지 않다. 자신의 견해를 개진할 만큼 한 다음 표결에 참여하고 결론이 내려졌다면 깨끗하게 승복하는 것도 민주시민이 갖춰야 할 덕목이다. 분규든 갈등이든 해결책을 찾지 못해 사회가 혼란에 싸여 파국으로 간다면 그 피해는 결국 자신에게도 가게 된다. 다수결의 원리만 잘 지켜도 이해와 견해를 좁히지 못해 빈발하고 있는 우리사회의 혼란상을 크게 줄일 수 있을 것이다.

법치 없이는 민주주의 없다

　대한민국의 법치는 총체적으로 무너져 있다. 법을 만드는 국회의원부터 관료, 재벌 등 이른바 유력 집단부터 법을 우습게 알거나 농단하려 든다. 이들은 사법당국의 수사망에 걸려 세간의 시선이 쏠리면 무조건 결백을 주장하고, 법적 장치나 가능한 보호막을 모두 동원해 사법권을 무력화하려 한다. 우리는 대한민국의 헌법기관이라고 자부하며 아무렇지 않게 법치를 허무는 정치인들을 너무나 많이 보지 않았는가? 이들에게 자신들의 범법 행위는 안중에 없다. 오로지 법망을 벗어나겠다는 일념만 있다. 가용할만한 사법부의 인맥을 총동원하고 누가 봐도 전관예우를 받을 것 같은 고위 법관 출신 변호사들의 도움을 거리낌 없이 받기도 한다. 경제민주화의 바람을 타고 사법부의 재벌 총수들에 대한 입장이 단호해졌다고 하지만, 상급심으로 가면서 온정적인 판결이 나오는 경우를 흔히 목도할 수 있다.

　힘없고 돈 없는 사람들에게는 별천지에서 벌어지는 일이다. 이들에게 합법과 불법의 한계선은 별 의미가 없을 것이다. 빵 한 조각 훔쳐 먹었다가 일사천리의 사법처리를 받고 감옥에 갇혔다면 그저 돈 없고 힘없어 당했다고 생각할 뿐이다. 더 나아가 법이 강자의 이익만 지켜 상대적으로 자신들이 피해를 본다는 의식을 갖게 되고 법은 웃음거리가 되고 만다. 자연스럽게 너나 할 것 없이 법을 우습게 알며 법을 지키면 바보라는 인식을 갖게 된 것이다. 법을 경시하는 이런 풍조가 민주주의가 정착되었다는 21세기에 사회 전반에 고질병처럼 퍼져있는 것은 그야말로 비극이다. 우리 사회의 특권층은 해방 이후의 건국과 산업화 과정에서 권위주의 통치에 힘입어 탈법과 불법을 자행하며 권력과 돈, 명예를 쌓았다고 해서 싸늘한 시선을 받아 왔다. 그러나 그 특권층이 민주화시대에도 버젓이 암약하며 법치를 뒤흔들고 있지 않은가?

최고의 권력인 대통령들부터 그렇다. 부정부패라는 말이 나오면 역대 어느 정권도 자유롭지 못하다. 비리 혐의에 연루되어 전직 대통령의 아들들이 구속되거나 자신이 스스로 목숨까지 끊는 사태가 벌어지지 않았던가? 그뿐만 아니다. 병역비리나 탈세, 위장전입, 부동산 투기, 수뢰 등은 대한민국 고위층의 상당수가 아무런 죄의식 저질러 온 범법행위들이다. 준법과 도덕의 모범이 되었어야 할 이들이 스스로 법치를 무너뜨리며 제몫 챙기는 데 급급한 후안무치를 드러냈던 것이다.

우리 사회는 그 후유증으로 법치가 송두리째 허물어지는 대가를 치르고 있다. 자신은 법을 지키지 않으면서 남한테 법을 따르라고 강요한다면 누가 지키려하겠는가? 유전무죄(有錢無罪), 무권유죄(無權有罪)란 생각이 국민들의 머리에 깊게 박혀 사법부의 권위는 희화화되고, 공권력은 날로 무기력해지고 있다. 이 틈을 타 항법(抗法)의식까지 생겨나 법치를 혼돈에 빠뜨리고 있다. 자신의 맘에 안 들면 법 자체를 부정하고 불복하는 심리까지 퍼져나가고 있는 것이다. 정치권에서는 편의에 따라 언제든지 법을 뒤집을 수 있는 것처럼 떠들어댄다. 시민단체를 비롯한 운동권세력들은 법을 조롱하며 아예 통제하려들기도 한다. 최근 세월호 사건에서는 피해자들이 가해자를 직접 수사해 기소하게 해달라는 주장에 부화뇌동하며 이를 부추기는 집단들이 적지 않았다. 이들의 입에서 스스럼없이 나오는 민주주의는 과연 무엇을 말하는 것인가? 조선시대의 원님재판으로 돌아가자는 게 민주주의를 하자는 것인가?

　자유민주주의 국가를 법이 지배한다는 사실은 만고의 진리이다. 법의 지배, 곧 법에 의한 통치가 제대로 작동해야 시민 개개인이 평등을 통해 자유와 권리를 누리고, 사회의 안정과 질서를 유지하며, 정의를 실현할 수 있지 않은가? 우리가 법을 지켜야 하는 이유는 자명하다. 법을 어기면 당장 사법적 강제력에 의해 처벌을 받아 지켰을 때에 비해 엄청난 비용을 감수해야 한다. 또 법이 자신의 목표나 이해관계를 해결하는 수단이 된다는 점에서 준수하거나 순응하게 된다. 이런 현실적인 이유에다 도덕적 의무감도 작용한다. 잘사는 사람이든 못사는 사람이든, 권력이 있든 없든, 재산이 많든 적든 누구나 법을 따르는 것을 마땅하게 생각한다. 만인에 의한 만인의 투쟁이 벌어지는 현실에서 자신과 이웃, 더 나아가 공동체를 지키려다 보니 오래전부터 체득한 이타적 지혜의 산물이리라.

　법을 우습게 알고 지키려 하지 않는다면 개인은 물론 사회와 나라가 파국으로 갈 수밖에 없다. 대한민국은 민주공화국이다. 시민이 평등의 기치 아래 자신의 직분을 다하며, 그에 따른 책임을 져야 대한민국이란 공동체가 원만하게 돌아간다. 민주시민에게는 이런 상식이 당연한 것이며, 그 상식을 떠받치는 게 법과 공권력이다. 상식이 통하지 않는 사회에서는 법치가 무력해지고 정치와 관치가 설치는 후진적 양상 두드러진다. 사기나 횡령과 파렴치 범죄를 저지른 전과자 출신의 정치인들이 설쳐대고, 관료사회는 선사후공(先私後公)의 탐욕에 빠져 적폐를 쌓아가며 사회 곳곳에 위험을 깔아놓는다. 이런 공권력의 타락상을 그냥 두고 볼 리 없다. 노동조합은 노동조합대로, 시민단체는 시민단체대로, 운동세력은 운동세력대로 정의의 이름을 앞세워 불법시위를 벌여가며 잇속을 챙기려 들고 잇다.

위든 아래든 모두 법의 무력함을 믿는다. 어떤 대통령은 법이 정당하지 않으면 지키지 않아도 된다는 소리까지 했다. 심지어는 감옥에 한번 가보라고 권유하는 인사들도 있다. 이들이 생각하는 세상은 도대체 어떤 것인가? 법치는 어떻게든 바로 세워야 한다. 우리 사회가 지금처럼 방치된다면 서로가 발목을 잡아가며 나라를 주저앉히는 돌이키지 못할 과오를 저지를지 모른다.

사법부부터 달라져야 한다

법치를 바로 세우기 위해선 무엇보다 사법부가 달라져야 한다. 강제력에 의해 법을 집행하며, 법의 집행이 일부에게 혜택을 주고 다른 일부에게 불이익을 줄 때 더 이상 법의 지배라고 할 수 없다.[53] 권력에 휘둘렸던 권의주의 시절 상황이 불가항력이었다 해도 법치의 존엄성을 사법부 스스로 훼손한 것은 아닌지 자성해야 한다. 위정자들은 법치 위에 군림하며 만능의 통치 권력을 행사했고, 사법부는 권력과 기득권층의 이해관계에 맞춰 법의 평등을 자의적으로 다뤘다고 지적해도 이의를 제기하기 쉽지 않을 듯하다.

그러나 민주화가 되었다고 해서 사법부가 달라졌을까? 그렇게 생각하지 않는다. 사법부에 대한 불신은 여전하다. 사법부의 권력을 무소불위(無所不爲)로 아는 사람들이 많다. 법은 여전히 가진 자에게 유리하게 작용한다는 생각 또한 팽배해 있다. 사법부 밖의 환경도 좋지 않다. 집권자들은 집단의 목소리를 의식해 법을 제대로 시행하려 하지 않고, 다른 한편에서 국민들은 법을 준수하려 하지 않는다. 이렇다 보니 법에 대한 불신을 넘어 법을 농단하는 지경에 이르고 말았다. 법원의 판결이 제 이해와 다르면 주저 없이 공격하는 세상이 아닌가? 요즘은 사법부가 이런 현상을 자초하는 측면도 적지 않다. 판결이 냉탕온탕을 오고가거나 들쭉날쭉해 권위를 잃고 있기 때문이다. 권위주의 시절에는 권력에 휘둘렸다고 치자. 민주화 시절에는 여론과 시류에 야합하고 있다는 비판이 나온다. 특히 법관이 자신의 이념 색깔

이나 이해에 따라 편파적이라 할 만큼 튀는 판결을 내리는 경우가 왕
왕 나온다. 비슷한 사안에 서로 다른 판결들이 나오고 시대의 법 감정
과는 동떨어진 판결이 나와도 어찌하지 못하고 받아들여야 한다면 누
구든 사법부를 믿으려 하지 않을 것이다. 하물며 법관이 허무맹랑한
주관적인 시각에 따라 많은 사람들이 승복해야 하는 객관적인 판결을
내린다는 인식이 확산되면 사법부 독립은 허망한 게 될 것이다.

사법부 자체가 불신을 받으면 법치는 절대로 바로 설 수 없다. 대
통령이든 정치인이든 언론이든 모든 권력을 철저히 법에 예속시켜 법
에 따라 움직이도록 사법의 권위를 세워야 한다. 이를 위해선 법원 내
부부터 정비해야 한다. 법관 자신들부터 사회의 엄중한 저울 역할을
하고 누구에게나 예외 없이 추상같은 판결을 내리는 자세를 곧추 세
워야 한다. 양형 기준 역시 여러 가지 사법개혁 조치에 따라 개선하고
있다 하지만 국민들에게 예측가능하게 할 정도로 투명하게 가다듬을
필요가 있다. 사법부의 독립은 법치를 바로 세운 다음에야 의미가 있
는 것이다.

악법의 소지 없게 법체계 정비

둘째, 법치를 바로 세우려면 법 자체가 세상의 변화에 적절하게 대
응해야 한다. 작금의 사회 혼란은 우리의 법체계가 국민의 욕구나 이
해를 충족시키는 데 미흡하기 때문이라는 생각을 해 본다. 악법도 법

이니까 지켜야 하겠지만 만인이 수긍하는 법으로 고쳐서라도 법집행의 효율성을 높여나가는 게 순리가 아니겠는가? 우리의 헌법을 보자. 건국 이후 9차례나 개헌했지만 과연 그 때마다 시대의 변화 요구를 제대로 반영했는지 의문이 든다. 정권마다 사정이 있었겠지만, 결국 통치자들의 이해에 따라 헌법이 변죽을 맞춘 것은 아닌가 생각된다. 지난 세월을 반추하면 5년 단임 대통령제와 헌법재판소 도입 정도가 개헌의 산물로 주목되는 것 같다.

무엇보다 '87년 체제'를 담고 있는 현행 헌법은 현재의 시대상을 전혀 소화해내지 못하고 있다. 이른바 제왕적 대통령이라 불릴 만큼 대통령의 권한이 지나치게 막강하고, 국회는 입법권을 넘어 행정부, 사법부의 구석까지 통제할 수 있을 정도의 막대한 권력을 행사하고 있다. 대통령과 국회의원들의 의식은 크게 달라지지 않았는데 이처럼 엄청난 권한과 권력을 안겨주다 보니 정치 만능의 세상이 펼쳐진 것이다. 그러나 우리의 정치 수준을 갈수록 퇴화하고 있다. 갈등의 당사자는 정치권에다 모든 책임을 떠넘기고, 정치권은 분탕질만 할 뿐 해결책을 찾지 못해 갈등 조정자로서의 구실을 못하는 무능을 드러내고 있다. 정당이 사회의 이해관계를 흡수하지 못해 존립 근거를 잃어가고, 대통령은 자신의 권한에 충실할 뿐 이렇다 할 손을 쓰지 못하고 있다. 우리는 말로만 대의민주정치를 시행하고 있지 국회라는 괴물의 독재정치에 휩쓸려 있다. 정치의 이런 파행상이 순진한 국민들에게 해악을 끼치고 결국 탈선하는 부류들을 양산해내고 있지 않은가?

헌법부터, 그리고 하위 법까지 21세기의 대한민국 사회상에 맞춰 정비해야 한다. 법치의 잣대가 옳지 않거나 시대에 뒤떨어진 것이라면 과감히 고치는 작업이 필요하다. 근대 철학자 루소는 "시민이 법의 구속 아래 놓이게 하려면 그들 스스로 법의 제정에 참여토록 해야 정당성을 갖는다"고 했다. 이는 인민주권의 원리에 따라 펼친 이상적인 논리이다. 대의제 민주국가는 국민이 직접 통치하는 게 아니라 그들을 대표하는 정부와 의회에 법 제정을 맡겨야 하기 때문이다. 그러나 루소의 주장을 참고는 할 필요가 있다고 생각한다.

법은 합리적이어야 하고 상식적이어야 하며 시대정신을 반영해야 한다. 우리 사회에서는 지금 우파와 좌파가 전혀 다른 생각을 하고 다른 해석의 프레임으로 치고받으며 대립하고 있다. 또 2030세대, 486세대, 노후세대 등 세대별로도 정치, 경제, 사회의 민감한 사안들을 보는 시각에 편차가 있다. 부자들과 가난한 사람들, 서울과 지방, 경상도와 전라도 등 골이 생기는 관계마다 분열상을 드러낸다.

이런 상황에서 악법도 법이라며 따르라고 한다면 법치의 강요는 갈등을 증폭시키는 부작용만 낳게 될 뿐이다. 대한민국 국민이라면 공유해야 할 자유민주주의나 시장경제 등 국가 정체성의 기본 가치들을 훼손하지 않는 선에서 법은 시대정신에 따라 탄력적으로 변해야 한다. 많은 사람이 직접 법 제정에는 참여하지 못하더라도 법의 내용이나 정신에 동의한다면 법치의 기반이 훨씬 탄탄해질 것이다.

엄정한 법집행이 법치의 완성

셋째, 법을 엄정하게 집행해야 법치가 완성된다. 범법행위에는 어떠한 온정도 베풀어서는 안 된다. 지금은 직선제에 의해 선출된 대통령이 나라를 통치하고 있다. 대통령의 힘은 국민에게서 나온다. 그만큼 정통성이 탄탄하다고 할 수 있다. 그런데 우리의 민선 대통령들은 제대로 힘을 쓰지 못했다. 번번이 내 편 네 편 갈라 대결하는 국면의 한 편에 서는 바람에 통합의 에너지를 전혀 발휘하지 못했다. 이는 민주화의 요구가 거세지고 협치(governance)의 필요성이 제기되면서 정치와 법치를 구분하지 못해 생겨난 현상이라고 생각한다.

사회 제반 세력들과 공공 의제를 함께 논의하고 때로는 권력을 나눠 해결책을 찾는 행위는 민주시대 정치의 전형이라고 할 수 있다. 민간영역에서 다양한 이해가 분출하고 이를 조정하는 역량을 정부에만 맡겨서는 만족할 만한 결론을 도출하기 어렵기 때문이다. 하지만 민주시대의 위정자들은 예나 다름없이 정치 밑에 법치를 두고 현안들을 해결하려는 악습을 드러내곤 했다. 다시 말해 민주지도자들 역시 정치 만능에 빠져 법치를 소홀이 했던 것이다.

우리 사회의 갈등은 단순히 이해가 달라서 생겨나는 차원이 아니다. 그 바탕에는 좌우 이념이 깔려 있어, 적대적인 대결로 변질되고 결국 상대방의 굴복을 요구하는 극단으로 치닫는 경우가 비일비재하다. 갈등의 조정자가 아니라 한 쪽의 리더 역할을 하는 데 그쳤던 대통령들에게 정치력으로 이런 상황을 극복하리라고 기대하는 것은 그 자체가 무리일 것이다. 결국 정치가 무너지다 보니 사회는 연일 시끄러워졌고, 덩달아 법치의 설 땅은 좁아지기만 했다. 김영삼 · 김대중 · 노무현 · 이명박 대통령 모두 그런 전철을 밟았다.

법이 없으면 국가도 없고, 국가가 없으면 국민의 생명과 재산은 보호받지 못한다. 정치의 영역과 법치의 영역은 달라야 한다. 오히려 안정적인 사회를 위해서라면 법치가 정치 위에 있어야 옳다. 대통령과 국회의원, 고위 관료나 재벌, 그리고 언론과 사회단체 등의 민간권력 누구든 법 적용에 있어 예외가 있어서는 안 된다. 윗물이 맑아야 아랫물이 맑아진다. 지도층부터 범법을 하면 응분의 처벌을 받도록 해야 한다. 그래야만 온 국민을 법치의 틀 안에 넣을 수 있지 않겠는가? 뉴욕의 유엔빌딩 앞에서는 연중 시위가 벌어진다. 하지만 수백 명이 참가하는 시위를 막는 사법 경찰은 한두 명에 불과하다. 시위대가 폴리스라인을 넘을 경우 가혹하리라고 할 만큼 엄중하게 공권력을 행사한다. 법치 정신에 따라 범법자에게는 어떠한 온정도 베풀지 않는다는 사회적 합의가 지켜지고 있기 때문이다.

주말이면 서울 도심이 시위대의 물결로 가득 차 마비되는 우리의 현실은 알고도 손을 못 쓰는 만성질환이 되고 말았다. 개인이든 집단이든 자신의 의사를 표출할 사상의 자유가 수많은 서울 시민의 생활을 침해하고 있다면 묵과해서는 안 된다. 일 년 열두 달 경비 경찰들이 시내 도로에 쫙 깔려 사주경계를 하고 시위대와 백병전을 벌이듯 충돌하는 양상을 언제까지 용인해야 할 것인가? 누구나 법이 허용하는 범위 안에서 시위하며 의사를 표현하고, 몇몇 경찰관들이 한가롭게 주변을 오고가는 모습을 왜 우리는 볼 수 없는가? 범법자에게는 어떠한 온정을 베풀어서는 안 된다는 사회적 합의를 만들어내야 한다. 이를 위해서는 법치의 잣대를 철저히 들이대 법을 어기면 지위고하를 막론하고 상응하는 대가를 치러야 한다는 인식을 갖게 하는 것이 중요하다.

국민통합을 위한 몇 가지 생각들

우리의 근대화 역정은 아직 끝나지 않았다. 지금까지 살펴보았지만 국민 형성은 아직도 진행 중이다. 우리는 지금 나라가 어디로 가야 할지, 그리고 어떤 가치를 추구하며 살아야 할지 제각각 다른 생각을 하며 대립, 반목하고 있다. 우파와 좌파가, 보수와 진보가 서로 다른 상징체계의 언어를 써가며 진영으로 갈라져 싸우고, 상대방의 굴복을 강요하는 극단의 게임을 벌이고 있다. 싸움의 양상이 예사롭지 않아 대한민국이라는 나라가 이대로 생존할 수 있을까 하는 우려와 탄식의 소리까지 나올 정도이다. 하지만 이런 현상을 하나의 몸체가 완성될 때 흔히 겪는 통과의례라고 하고 싶다. 일종의 성장통인 것이다. 우리보다 근대화가 수 백 년 앞선 서구 국가들도 비슷한 진통을 겪었고, 우리도 그 길을 걷고 있는 중이다.

우리는 이승만의 건국과 박정희의 산업화, 그리고 이후 민주 대통령들의 민주화를 거쳐 오며 사회적 역량을 한껏 끌어 올렸다. 단순히 경제성장뿐만 아니라 정치민주화, 교육 · 과학의 선진화, 문화와 사회의 다양화 등 근대화의 기준을 거의 완벽하게 달성한 것이다. 이런 역사적 경험이 저력으로 차곡차곡 쌓여있음은 물론이다. 나는 우리 사회가 그 저력을 바탕으로 앞으로 어떤 난관이 닥치든 풀어나가며 선진수준의 반열에 올라설 것으로 낙관하고 있다. 그러나 낙관론은 어디까지나 우리가 당면하고 있는 분열상을 원만하게 극복하고 조화의 목소리를 낼 수 있어야 한다는 전제가 실현되어야 가능하다.

사람이 사는 세상에 갈등은 있게 마련이다. 비온 뒤에 땅이 굳어진다고 했던가? 사회갈등(social conflict)을 사회변화나 유지의 원동력으로 보는 견해도 있다. 문제는 갈등을 관리하고 조정하며 해결하는 능력이 중요하다는 사실이다. 어떤 사회든 곳곳에서 터져 나오는 갈등에 적절히 대처해 순조롭게 조정하는 기제(mechanism)를 갖추고 있어야 지속가능하게 나아갈 수 있다. 오늘날 서구 국가들이 선진사회를 구가하고 있는 것은 오랜 문화 속에서 터득한 지혜를 발휘하고 있기 때문이 아닌가? 우리도 이제 그런 기제를 찾아내야 한다. 이성과 합리(合理), 순리(順理)에 따라 상대방을 인정하고 때에 따라 관용을 베풀며, 나라와 공동체의 중대사에는 대화와 타협의 정신에 따라 한 목소리를 내는 그런 사회를 만들어내야 하는 것이다.

민주사회에서 국민을 통합시킨다는 말은 어색할 수 있다. 통합 자체에서 히틀러의 파쇼 같이 국민을 강제로 결속시키는 전체주의 냄새가 물씬 풍기기 때문이다. 엄격히 말하면 통합이 아니라 조화 또는 화합(和合)이라야 맞다. 생각이 천차만별이고 행동양식이 다양한 사회라면 각자의 차이를 좁혀가며 하나를 만들어가는 절차를 중요시해야 한다. 절차의 묘미를 십분 활용해 차이를 조화시켜나가는 것이 곧 민주주의 아닌가? 혹자는 그래서 엄격한 의미의 통합보다는 느슨한 국민적 합의(consensus)라고 하기도 한다. 나 역시 '통합'이 적절하지 않다고 생각하지만, 사람들에게 익숙한 터라 편의상 국민 통합이란 말을 쓰겠다. 물론 국민통합이란 말은 조화와 국민적 합의라는 뜻을 내포함을 거듭 강조한다. 국민통합을 위한 몇 가지 생각을 밝혀보겠다.

건강한 팔로워십을 확립하자

민주국가에서는 리더십의 역할 못지않게 팔로워십(followership), 즉 국민의 역할이 중요하다. 미국 카네기멜론대학의 로버트 켈리 교수는 성숙하고 책임 있는 시민사회는 20%의 리더십과 80%의 팔로워십이 조화되어야 가능하다고 지적한다. 제대로 된 공동체는 구성원들에게 합당한 지위와 역할을 부여해야 하고, 구성원들은 부여된 지위와 역할에 대해 자기 몫을 해내야 한다. 공동체는 구성원들이 각자 맡은 역할을 분담할 수 있도록 최대한의 자유를 보장해줘야 한다.

다시 언급하지만 우리 사회는 팔로워십이 대단히 취약한 상황에 놓여 있다. 법치주의 인식이 희박하고, 권리 인식만 팽배하며 책임의식이 결여되어 있다. 또 지도자의 권위와 정통성에 대해 인색하고, 많은 사회 문제들을 자율적으로 해결하기보다는 정부와 정치권에 의존한다. 다른 것에 대한 용인력(tolerance), 즉 남의 의견이나 행위에 대한 관용, 혹은 자기와 다른 종교나 종파, 신앙을 가진 사람의 입장과 권리를 용인하는 정신 역시 부족하다. 자신의 정의감이나 도덕적 잣대로 타인을 쉽게 정죄하는 경향도 있다.

이런 취약상은 앞서 언급한 대로 홍익인간상에 따라 민주시민교육을 철저히 받아 실천하고, 법치주의를 철저히 따른다면 해소할 수 있으리라 믿는다. 현대 사회는 워낙 복잡 다양하기 때문에 정부와 정치권의 능력에도 한계가 있다. 국민 스스로 지역사회를 중심으로 문제를 해결하려고 노력해야 하고, 정부와 정치권을 성원하여 국가적 문제를 해결하도록 도와주어야 한다. 민주국가에서 성숙된 시민사회가 필요한 것은 바로 그 때문이다. 공동체가 무질서와 혼란에 빠지면 그 속에 사는 개인은 행복할 수가 없다. 때문에 더불어 잘사는 공동체를 만들기 위해 함께 노력하는 상생과 협력의 정신이 필수적이다. 사람은 사회공동체의 일원으로서 필요한 공동체 의식을 배우고 내면화해야 하며, 특히 민주사회에서는 시민의식(citizenship)을 갖춘 성숙한 시민이 되어야 한다.[54]

민주 사회에서는 누구나 지도층이 될 수 있는 길이 열려 있다. 때문에 지도층의 솔선수범만을 기대하는 자세로는 사회를 변화시킬 수 없다. 노블레스 오블리주는 자신이 국가와 사회의 주인이자 주역이라고 생각하는 사람들에게 반드시 필요한 도덕률이다. 최근 등장한 '시티즌 오블리주(citizen oblige)'는 노블레스 오블리주의 민주적 버전(version)이다. 공동체 구성원이라면 누구든 시민으로서의 도덕성은 물론 책임과 의무를 다해야 한다는 뜻이다.

자유민주주의 아래 대의(大義) 세워야

건강한 팔로워십을 만들면서 우리 사회가 공유할 수 있는 생각과 가치에 근거해 대의(大義)를 세울 필요가 있다. 지금의 세대에게는 역사로나 돌이켜 볼 법한 일이 되었지만, 우리는 한때 남의 나라에게 언어를 빼앗기고 이름을 빼앗겼던 시절이 있었다. 따라서 국민 개인의 자유와 독립, 자주는 더 할 나위 없이 소중한 가치였고 당당하게 나라를 세우고 부를 키워 그런 가치를 굳게 지켜왔다. 이제는 자유사회를 만끽하고 있으니 복지와 평등 같은 사회민주주의적 가치들도 과감히 수용해 국민모두가 나눠야 할 때가 되었다.

나는 자유민주주의가 사회민주적 요소들을 얼마든지 포용할 수 있는 사조라고 누누이 강조한 바 있다. 자유민주주의의 기치아래 보수든 진보든, 우파든 좌파든 생각이 달라도 각자가 우선시하는 가치들을 한데 모아 절충점을 찾아내면 국민통합의 길이 열리리라 확신한다. 대한민국이란 공동체를 위해 합리적인 진보와 부패하지 않은 보수가 사회의 중추세력으로 한가운데를 지향할 경우 제3의 길은 저절로 열리지 않겠는가?

그런 점에서 중산층의 복원은 시급하다. 민주투사들이 민주화에 정열과 에너지를 쏟았다고 하지만 결정적인 불을 댕긴 집단은 이른바 넥타이부대로 불린 중산층이었다. 미국의 경우 중산층의 윤리가 다민족들 사이에서 발생하는 온갖 사회갈등을 관리하며 나라를 유지시키는 정신적 지주 역할을 하고 있다. 이는 막스 베버가 말하는 앵글로색슨의 프로테스탄트들이 미국에 정착하면서 만들어낸 기독교 기반의 윤리 정신이다. 우리에게 이런 정신적 지주가 절실하며, 그 역할을 정치적으로나 사회·경제적으로 중심을 잡을 수 있는 중산층에서 기대해야 한다. 안타깝게도 한국의 중산층은 IMF사태, 2008년 외환위기 등 경제적 충격을 거치면서 궤멸될 위기에 몰려 있다. 정부나 정치권에서는 정책적이나 전략적으로, 더 나아가 이념적으로 동원할 수 있는 수단과 방법, 그리고 재원을 모두 가동해 중산층을 살리는 데 매진하기 바란다.

주류사회의 도덕 재무장

마지막으로 우리 사회의 주류세력들이 도덕적으로 재무장해야 한다. 투명한 사회, 그리고 정의가 바로 서는 사회를 만들기 위해서는 반드시 필요한 선결과제이다. 우리나라의 보수세력은 건국 이후 난국을 헤치고 법통을 이어왔다는 점에서 역사적으로 밀릴 게 없다. 하지만 도덕적으로는 별로 당당하지 못하다. 사회 전반에 결과 지상주의가 판을 치고 나부터 챙기고 보려는 심리가 팽배하면서 보수는 앞장서서 돈과 명예, 권력을 찾고자 했다. 그 와중에 밀려나거나 소외된 사람들을 홀대하고 무시하면서 도덕적인 지탄 대상이 되지 않았던가?

민주화 이후 신주류로 자리 잡은 민주화 세력도 사정은 별반 다르지 않다. 도덕성을 무기로 삼아야 할 민주화 운동출신들이 도덕적으로 타락해 눈총을 받는 사례는 속출하고 있다. 뇌물을 받고 비리를 저지르며, 부정부패를 벌이고도 당당한 진보를 어찌 진정한 진보라고 할 수 있겠는가? 이제 온통 부조리 투성이인 자신의 주변은 정리하지 못하고 자유와 정의 같은 숭고한 가치를 외치는 '타락한 진보'를 알 만한 사람은 다 알고 있다.

보수든 진보든 주류세력이라면 너나할 것 없이 도덕적이어야 한다. 우리 사회의 모든 문제들은 신뢰의 부족에서 나오고 있다. 주류가 도덕관념이 모자라 국민의 지탄을 받게 되고, 공동체에서 신뢰가 사라지다 보니 사회의 분열상이 더욱 심해지는 것은 두말 할 필요가 없다. 주류가 도덕적으로 처신하고, 덩달아 사회가 투명해지며 국민 모두가 서로 믿을 수 있게 되면 국민 통합은 저절로 이뤄진다.

종북주의 어찌할 것인가?

우리 사회의 종북주의는 말 그대로 시대착오이다. 북한 사회는 5%의 특권층을 위해 95%의 국민이 노예생활을 하고 있는 전근대적인 나라이다. 스스로 위대한 사회주의를 외치고 있지만 정부가 국민을 먹여 살리지 못해 국가이념조차 이행하지 못하는 나라이다. 우리의 대통령이 정치를 잘못해 수백만 명이 굶어 죽었다면 자리를 온존하게 보전하지 못한다. 대기업의 CEO가 이윤을 내지 못해 기업이 종업원의 급여를 주지 못하고 기업이 흔들리면 쫓겨나는 것과 마찬가지 이치다. 북한이 정상적인 나라라면 김씨 일가는 진작 쫓겨났어야 옳다. 그런데 김일성에서 시작해 3대가 세습하며 왕정이나 다름없는 독재체제를 이어가고 있지 않은가? 이들이 백성을 먹여 살리지 못하는 군주로 끝나면 그나마 낫다. 자유를 억압하고 인권을 유린하며 핵무기를 개발해 세계만방에 공갈·협박의 메시지를 던지며 생존책을 찾는

깡패노릇까지 하고 있다.

북한은 한반도의 적화통일 야욕을 포기한 적이 한 번도 없다. 북이 주창하는 통일전선 슬로건(slogan)은 '자주(自主)', '민주(民主)', '통일(統一)'이다. 자주는 주한미군철수를 위한 '반미자주화 투쟁'을 의미한다. 민주는 남한의 보수정권을 타도한 뒤, 인민민주주의 정권 수립을 위한 '반파쇼 민주화투쟁(국보법 철폐, 국정원·기무사·경찰보안수사대 해체)'을 의미한다. 마지막으로 통일은 대한민국 헌법에 입각한 자유민주주의적 통일이 아니라 북한 정권이 주도하는 '연방제 공산화 통일'을 말한다. 우리가 흡수통일을 노린다고 해서 북한이 반발하고 있지만 북은 무력에 의한 통일을 염두에 두고 슬로건에 담긴 노선을 줄기차게 밀어붙이고 있다. 북한은 결국 '민족'이란 감상에 젖어있기에는 너무나 무서운 적이다.

이런 북한을 그저 한민족이란 이유로 맹목적으로 두둔하고 감싸는 세력이 엄존하고 있다는 게 개탄스러울 뿐이다. 이들의 눈에는 김일성이 대한민국 현대사의 주인공이다. 이들은 이승만의 건국보다 김일성의 조선민주주의 인민공화국에 더 정통성을 둔다. 이들의 주장대로 대한민국이 미국의 괴뢰정권이었다면 북한은 소련의 괴뢰정권이었는데, 북한은 자율적으로 정권을 세운 것처럼 말한다. 그러면서 분단의 책임을 남한에 전가하려든다. 6·25전쟁도 북한의 주장대로 남조선해방전쟁이라고 한다. 최근 러시아와 중국에서 공개된 자료들을 보면 김일성이 스탈린과 마오쩌둥과 공모해 벌인 전쟁이란 사실이 밝혀졌는데도 귀담아 듣지 않는다. 이들에게는 북한이 깨끗하고 청초한 지상낙원이며, 남한은 부정과 부패로 부도덕하고 혼탁한 지옥이다.

그러면서도 이 땅에서 누릴 혜택은 고스란히 받고 있다. 마음껏 떠들고 마음껏 저항하다 현행법에 걸려도 인권을 비롯한 기본권의 엄호를 받으며 쉽게 빠져나가곤 한다. 특히 '사상의 자유'는 이들에게 전가의 보도처럼 쓰인다. 북한은 사상의 자유가 전혀 허용되지 않는 나라이다. 우리 사회에서 사상의 자유를 누리며 북한을 두둔하고 옹호한다면 이런 난센스가 어디 있는가?

우리 사회의 종북주의는 극소수라고 본다. 그러나 목소리는 크다. 더구나 종북주의자들을 막연하게 약자로 여겨가며 이들의 주장에 동조하고 국보법 해체, 미군철수, 자주평화통일, 우리민족끼리를 외치는 세력들이 적지 않다. 요즘에는 일부 언론까지 이들에게 동정적이어서 여론을 호도하기까지 한다.

단언컨대, 종북주의는 우리 사회에서 사라져야 한다. 다른 가치들은 몰라도 종북주의만은 자유민주주의와 병행시켜서는 안 된다. 민주주의로 위장하고, 진보로 포장하는 종북주의자들에게 더 이상 놀아나지 말아야 한다. 이들을 방치하면 자유민주주의를 기반으로 한 헌법정신이 훼손되고 국기가 문란해져 나라의 혼란상은 더욱 심해질 것이다. 국민 다수가 종북의 문제를 심각하게 인식해 외면하며 고사시키는 게 가장 바람직하지만, 사법적으로 가능하다면 엄벌해 퇴치하는 방안을 강구해야 한다.

나는 궁극적으로 대한민국이 북한까지 포용하여 통일이 되었을 때 우리의 공화적 민주국가가 완성된다고 믿는다. 왜냐면 북한은 아직

전근대에 머물러 있기 때문이다. 북한은 지난 60여 년간 세계 문명사의 흐름을 거역하고 봉건적 세습제도와 수령 독재주의, 폐쇄적 쇄국 경제로 일관해 왔다. 그 결과 봉건적 세습왕조보다 더 반문명적인 신정(神政) 독재체제가 되어버렸다. 이러한 북한의 신정 독제체재가 붕괴되어 비정상이 정상으로, 전근대가 근대로, 폐쇄 쇄국 지향이 개방 개혁 지향으로 바뀔 때 우리는 진정한 민주국가 완성을 보게 되는 것이다. 우리 현대사의 1차 완성은 이런 통일이 이루어질 때 비로소 성취된다고 믿는다.

6

사상 초유의
안보 위기

급변하는 동북아 정세 속에서 북한 핵 해법의 실마리를 찾고 우리 국익을 지켜
내기 위해서는 우리가 고수해온 '외교 안보의 기본 틀'로 돌아가야 한다. 바로
한미 동맹과 한 · 미 · 일 3각 협력 체제를 조기 복원시켜야 한다. 특히 북한 비
핵화는 김정은과 톱다운 대화에 '올인'하는 단선적 전략이 아닌, 최대한의 압박
과 확장억제전략 그리고 비상시 플랜B 등 복합적인 해법을 모색할 필요가 있다.

'위장평화쇼'의 끝, 벼랑에 몰린 대한민국

지난 2018년 3월, 문재인 정부는 특사단을 평양에 파견하여 김정은과 특별회담을 가졌다. 정의용 특사단장은 방북 종료 후 "김정은은 이 자리에서 북한에 대한 군사적 위협과 북한 체제에 대한 보장만 이뤄진다면 북한 핵을 폐기하겠다고 약속했다"고 밝혔다.

이 약속을 토대로 김정은은 문재인 대통령과 세 차례 정상회담, 트럼프 대통령과 두 차례 정상회담을 통해 외교 관계개선과 함께 북한 핵의 비핵화와 한반도 평화체제 구축에 대해 논의를 계속하기로 약속했다. 사상 초유의 남북 정상회담과 미·북 정상회담을 통해 북한 핵 비핵화 문제를 논의해왔으나 결과는 당초 대부분의 장밋빛 기대와는 달리 핵 폐기는커녕 오히려 김정은의 비밀 핵미사일 고도화 전략에 말려들었다는 혹평에 시달리고 있는 형국이다.

이유는 한마디로, 김정은 주연에 문재인과 트럼프 조연으로 이뤄진 사상 최대의 '위장평화쇼'를 통해 북한의 '조선반도 비핵지대화' 전략에 대한 당위성만 부여하는 성격으로 변질된 정상회담 구도에 빠져들었기 때문이다.

지난 1년 내내 김정은은 단계적, 부분적 비핵화를 통해 체제 완화에만 매달리면서 '벼랑 끝 전략'으로 회귀하는 퇴행적 협상전략을 다시 들고 나왔다. 특히 북한은 지난 2월 하노이회담에서 겪었던 분노와 이니셔티브 상실을 계기로 이를 만회하기 위하여 지난 5월 두 차례에 걸쳐 러시아의 '이스칸데르급' 단거리 탄도미사일을 발사하여 위기 국면을 조성하는 한편, 6월 30일 판문점에서 극적인 미·북 정상회동과 남·북·미 3자 정상과의 접촉을 성사시켜 한반도 비핵화 불씨를 살려나갈 것 같은 환상을 불어넣어주고 나섰다.

북한 비핵화의 환상

이런 대화 국면마저 그로부터 불과 두 달도 채 지나지 않은 7월 25일 새벽 북한의 기습적인 단거리 탄도미사일 시험발사로 인해 김정은이 아직도 위장평화쇼 수준으로 상황 관리에 주력하고 있다는 인식을 주고 있어 한반도 비핵화의 완전한 꿈은 또다시 미궁 속으로 빠져들고 있다. 이로써 김정은은 교착 국면에 처한 비핵화 협상을 2020년 미국 대선 및 한국 총선과 연계시켜나갈 것이라는 '내정과 외교의 연계론'이 힘을 받고 있는 형국이다.

지난 6월 30일 판문점에서 남·북·미 정상이 회동할 때만 해도 정상간 평화협상을 통한 해결의 실마리가 풀릴 것 같던 북핵 문제가 한 달이 다 되도록 오리무중 상태다. 이런 와중에 일본은 '강제징용 배상'이라는 과거사를 수출규제라는 경제 문제와 결부시켜 우리 국민의 반일 감정에 불을 지폈다. 중국과 러시아는 한일 갈등을 틈타 한국방공식별구역(KADIZ·카디즈)을 침범하고, 독도 영공까지 두 차례에 걸쳐 7분간이나 고의적으로 침범했다.

북한에 이어 일본과 중국 그리고 러시아 등 주변 강대국들이 일제히 지금 한반도를 둘러싼 동북아에 경쟁적으로 긴장 국면을 조성하고 있다. 여기에 북한은 잠수함 발사 탄도미사일(SLBM) 탑재가 가능한 잠수함을 공개하고 단거리 탄도미사일을 발사하는 등 무력시위를 벌이고 있다.

급변하는 동북아 정세 속에서 북핵 해법의 실마리를 찾고 우리 국익을 지켜내기 위해서는 우선 '우리 외교 안보의 기본 틀'로 돌아가야 한다. 바로 한미동맹과 한·미·일 3각 협력 체제를 최대한 조기에 복원시켜야 한다. 특히 북한 비핵화와 관련해서는 김정은과 톱다운 대화에 '올인'하는 단선적 전략이 아닌, 최대한의 압박과 확장억제전략 그리고 비상시 플랜B 등 복합적인 해법을 모색할 필요가 있다.

국제정치의 미아(迷兒) 자초한 현 정권의 무능 외교

나라에 전례 없는 외교·안보 위기가 잇따르면서 위기감이 커지고 있다. 일본의 경제보복에 이어 러시아의 영공 도발까지 덮쳤다. 북한 비핵화는 한 발짝도 진전이 없고, 남북 관계도 악화 조짐을 보이는 가운데 평양은 탄도미사일 탑재가 가능한 것으로 관측되는 잠수함을 공개하고 77일 만에 단거리미사일을 발사하며 무력시위를 재개했다.

우리 군은 북한이 쏜 미사일을 추적하지 못했다. 북한이 두 번째 쏜 미사일이 430km 날아갔다고 발표했지만 실제 비행거리는 600여 km였다. 탐지 추적을 못 한다는 것은 요격을 못 한다는 뜻이다. 요격을 못 하면 공군 비행장과 항만 등 국가전략시설이 무방비가 된다. 사거리 600km는 제주도와 일부 주일미군기지까지 타격권에 포함된다.

또다시 안보 위협이 추가된 상태다. 좌파 이념적 수준에서 국제 정치구조를 바라보고 '우리 민족끼리'식 민족공조를 기반으로 하는 현 정부의 무능 외교는 이러한 강대국들의 힘의 대결이라는 국제정치 속에서 살아남을 길이 없다. 작금의 우리 외교 안보적 위시 상황은 한반도를 놓고 열강이 각축하던 '구한말 시대가 재현된 것 같다'는 우려를 불식시키는 데 모든 지혜를 짜내야 한다.

한일 갈등이 증폭되는 가운데 안보 위기가 동시 다발적으로 발생한 것은 우연이 아니다. 7월 23일 독도 상공에서 중국·러시아와 우리 공군기 30여 대가 뒤엉켜 3시간 동안 일촉즉발 대치 상태를 이어간 지 하루 만에 북한이 동해로 미사일 2발을 발사했다. 북·중·러의 도발이 약속이나 한 듯 정교하게 맞물려 돌아간 양상이다.

이런 현상은 북·중·러 3각 협력 체제의 강화를 예고하며 한반도에서의 신냉전 체제가 고착화되고 장기화될 수 있다는 우려를 낳고 있다. 게다가 더욱 불안하게 하는 것은 이런 위기를 기다렸다는 듯 일본은 '독도는 일본 땅'이라며 영토 도발을 재개했고, 미국은 은근히 일본 편을 들며 우리에게 호르무즈 해협 파병과 방위비 분담금 인상을 요구하고 나섰다.

대한민국을 둘러싼 4강이 한일 갈등의 틈새를 비집고 외교, 안보 가용 자원을 총동원해 국익 챙기기에 나서고 있다. 지금 우리 한반도 주변의 국제관계는 정글의 법칙이 작용하는 일촉즉발의 위기로 향하는, 최대의 안보 위협인 것이다.

그럼에도 문재인 정부의 대응은 너무나 안이하다. 삼척항 북한 동력선 사건과 '2함대 허위 자수' 사건으로 동해·서해 경계망이 모두 뚫렸다. 그런데 청와대와 군은 북한을 의식해 한미연합훈련 명칭에서 '동맹'을 빼고 한일군사정보보호협정(GSOMIA) 폐기 가능성까지 흘리며 한미동맹과 한·미·일 안보체제를 뒤흔들었다.

러시아 전투기가 대놓고 우리 영공을 유린했는데도 청와대가 숱하게 열던 국가안보회의조차 소집하지 않은 것도 국민을 불안케 한다. 문 대통령은 7월 24일 "일본의 경제보복에 당당하게 대응해야 한다"고 말했다. 정작 하루 전 중러의 영공 침해에 대해선 한마디 말이 없었다. 안 하는 것인가, 못 하는 것인가. 정부는 국가 안보를 챙겨야 할 고유 직무를 포기한 직무유기라는 범죄행위를 하고 있는 것이다.

우리는 정말 북의 핵 인질로 살아야 하나

국정의 핵심은 위기관리다. 하지만 정부는 목소리만 높일 뿐, 실효성 있는 대책을 내놓지 못하고 있다. 애국심에 호소하는 것은 답이 될 수 없다. 북한 김정은은 신형 탄도미사일 발사에 대해 "남조선에 엄중한 경고를 보내기 위한 무력시위"라고 했다. 한국의 스텔스 전투기 도입과 한미 훈련을 문제 삼았다.

"아무리 비위가 거슬려도 남조선 당국자는 평양발 경고를 무시해 버리는 실수를 범하지 말라"고도 했다. 여기서 '남조선 당국자'는 문재인 대통령을 지칭한다. 지난달 말 문 대통령이 미북 간 중재 역할을 한다고 했을 때는 북한 외무성 국장이 "남조선 당국자가 말한 남북 교류 물밑 대화 같은 것은 없다"고 면박을 주더니, 이번엔 김정은이 직접 문 대통령을 겨냥했다.

김정은은 지난해 3월 우리 특사단을 처음 만났을 때 "우리가 그동안 미사일을 발사하면 문 대통령이 새벽에 NSC(국가안전보장회의)를 개최하느라 고생 많으셨다. 이제는 새벽잠을 설치지 않아도 된다"고 했다. 그랬던 김정은이 미사일 도발을 하면서 "남한 겨냥"이라고 밝혔다. 그런데 우리 안보 책임자들은 "북한 최고 존엄이 한 약속은 반드시 지킨다"고 했다.

우리는 대통령이 주관하는 NSC 회의체 한 번 열지 못하고 있다. 김정은에게 매달리고 눈치만 본다고 김정은이 남북 정상회담에 임할 것이라고 판단한다면, 우리 외교 안보의 기본 틀을 완전히 무너뜨리는 역사적 죄악을 저지르는 것이다. 이런 무책임한 의식이 대통령의 직무유기가 아니고 무엇인가!

이뿐 아니다. 정부는 북한 미사일이 우리 안보에 위협적이라는 사실조차 인정하지 않고 있다. 파장을 축소하는 데만 급급하다. 한미연합사는 "북한 미사일이 대한민국이나 미국에 대한 직접적인 위협은 아니다"라고 했다. 남한 전역을 때릴 수 있는 미사일을 우리 군이 추적도 못 했는데 이것이 위협이 아니면 무엇이 위협인가?

청와대 관계자는 기자들이 북의 미사일 위협에 대해 물을 때마다 "말씀드리기 어렵다"는 군색한 답변만 되풀이 한다. "남북 9 · 19 군사합의 위반 아니냐?"는 질문에도 "탄도미사일 금지 규정이 없어 위반이 아니다"라고 한다. 9 · 19 군사합의는 "지상 · 해상 · 공중 등 모든 공간에서 상대방에 대한 일체의 적대 행위를 전면 중지한다"라고 되어 있다. 군사분계선 근처에선 포병 사격, 기동훈련, 심지어 정찰 비행까지 금지돼 있다. 그런데 합의 위반이 아니라고 한다. 합의서에 핵무기 규정도 없으니 북이 핵으로 우리를 공격하려 해도 합의 위반이 아니라고 할 사람들이다.

북한은 핵과 미사일로 한국을 협박 중

미국 반응도 트럼프 대통령은 북한 미사일이 '소형'이고 '핵실험'이 아니라는 것만 강조하고 있다. 폼페이오 국무장관도 "김정은이 트럼프 대통령에게 약속한 것은 중·장거리 미사일 발사를 하지 않겠다는 것"이란 말만 하고 있다. 내년 트럼프 대선에 김정은이 고춧가루를 뿌리지 않도록 하는 데만 정신이 팔려 있다.

북한이 핵과 미사일을 개발한 것은 자신들 체제를 지키면서 미국에 맞서기 위한 것이라고 말은 하지만, 실제로는 한국을 협박하고 깔고 앉으려는 것이다. 김정은이 그런 본심을 드러내고 있다. 그럼에도 한미 정부 모두 국내 정치에 미칠 파장에만 전전긍긍한다. 대한민국 안보는 누가 걱정해야 할까?

정부는 한미 '19-2 동맹연습'을 실시하면서 명칭에서 '동맹'이란 표현을 뺐다. 2019년 두 번째 한미훈련이란 의미인 '19-2 동맹' 대신 '전시작전통제권 전환 검증'이란 연습 목적을 나타내는 이름으로 대신 사용한 것이다. 국방부는 "애초 19-2 동맹이란 명칭을 쓰기로 한 적이 없다"고 했지만 지난 3월 실시한 첫 번째 훈련 명칭이 '19-1 동맹연습'이었다. 명칭 변경은 북한이 지난번에 "'19-2 동맹'이 현실화하면 미·북 실무 협상에 영향을 주게 될 것"이라며 가했던 협박을 의식한 것임이 분명하다.

'동맹연습'은 지난해 대북 억지력의 근간이던 키리졸브, 독수리, 프리덤가디언 등 3대 한미 연합훈련이 폐지되고 대체 훈련으로 도입됐다. 그나마 대규모 병력과 장비를 동원하지 않는 지휘소 연습(CPX) 수준이다. 연대급 이상이 기동하는 연합훈련은 사라졌다. 이번 '19-2 동맹연습'도 컴퓨터 시뮬레이션으로 진행됐다. 제대로 된 실전 훈련을 하지 않는 한미 군사 동맹에서 사실상 남은 건 '동맹'이란 이름뿐이다. 이제는 북이 화를 낸다고 그 이름마저 삭제하고 있다. 지금처럼 김정은이 핵 폐기를 거부하는 한 조속히 미국 측과 한미연합훈련 재개를 신중히 논의해야 할 시점이다.

이번 훈련은 전시작전통제권(이하 전작권) 전환을 위해 한국군의 연합작전 수행 능력을 검증하는 1단계 과정이다. 전작권 전환 이후를 가정하고 한국군이 사령관, 미군이 부사령관 역할을 처음 맡았다. 정부는 2~3단계 검증을 거쳐 2022년 안에 전작권 전환을 마무리한다는 계획이다. 이번 연습 목적을 '전작권 전환 검증'으로 특정한다면 2~3년 내 전작권 검증 과정이 끝난 뒤에는 한미훈련을 더는 하지 않겠다는 의미로 해석될 소지가 있다.

전작권 전환이 이뤄진다면 새로운 체계에 익숙해질 때까지 더 자주 손발을 맞춰봐야 하는 것 아닌가. 전작권 전환은 비핵화가 실질적으로 진전되어 핵이 없는 진정한 평화 시대로 진입하는 가시적 결과물이 나올 때까지 보류해야 한다. 그러지 않으면 김정은으로 하여금 핵 단추를 누르게 하는 유혹을 느끼게 할 뿐이다.

한일 외교 복원과 중러 도발에 대한 단호한 대처 절실

급기야 일본과의 경제 마찰이 벌어지고 있는데, 대일외교의 재건이 시급하다. 지금처럼 정부 여당이 일본을 적대시하면서 경제전범국가 운운하며 경제 침략이라고 정의하고 대일외교 교섭 가능성을 우리가 먼저 나서서 없애려는 것은 국제사회에서 우리 국격을 제3류 국가의 외교 수준으로 떨어뜨리는 것이다. 우리 정부의 외교 역량과 국가 위신을 일거에 나락으로 빠뜨리는 우매한 짓이다. 더 이상 반일감정을 촉발하여 내년 총선에서 장기 집권의 정치 토대를 구축하려는 단견을 버려야 한다.

외교는 외교 전략으로 풀어가야 한다. 미국마저 우리의 중재 요청에 손을 젓고 있는 현실을 직시해야 한다. 일본의 감정적 보복 조치의 단순한 철회 요구를 초월하는 톱다운 방식의 정상외교를 서둘러야 한다. 일본을 위해서가 아니라 바로 우리 국민과 기업을 위해서 정부가 반드시 해야 할 의무다.

지금은 양국은 민족감정이 폭발한 상태이고, 정부 차원의 외교적 대화도 문이 닫힌 상태다. 이 시점에서는 비공개 외교, 막후 외교를 통한 돌파구 마련을 병행해야 한다. 한일 양국이 비밀특사를 통해 일괄적 해결책 마련에 나서야 한다. 국제 여론에 호소하고, 수입선을 다변화하고 국내 대체기술을 개발하는 건 먼 내일의 일이다. 당장 발등에 떨어진 불을 끄는 용단을 내려야 한다. 지금은 머나먼 미래를 논할 때가 아니다.

중국 발(發) 안보 위기도 우리를 누르고 있다. 중국은 2019년 국방백서에서 사드를 다시 문제 삼고 나온 바 있다. 문재인 정부는 지난 2017년 "사드를 추가 배치하지 않는다, 한·미·일 군사 동맹은 하지 않는다, 미국 주도 미사일방어체제(MD)에 가입하지 않는다"는 3불 선언까지 했다. 안보주권 포기 선언까지 내주며 사드 문제에 대처하려 했다가 우리 정부만 바보가 되고 말았다.

최근 중국은 일본 오사카에서 개최된 한중 정상회담에서 불쑥 사드 문제를 제기했다. 현 정부에 사드 정상 배치를 강행하지 말고 철거하라는 압박이다. 우리의 안보주권에 대한 정면 도전 행위다. 그럼에도 문재인 대통령의 대답은 허약하기 짝이 없다. 왜 비핵화와 연계되어 있다는 얘기만 했는지 이해할 수 없다.

중국 안보에는 아무런 영향이 없으며 북한의 핵미사일 위협에 대응하기 위한 것으로 더 이상 개입하지 말라고 단호하게 대응했어야 한다. 우리 주권이 군사 · 외교적으로 중국의 위협받고 있음에도 청와대와 여당은 먼 산 바라보듯 한다. 일본의 수출 규제에 대해선 '일본 경제침략 대책특위'까지 구성하며 발끈하더니 중국과 러시아가 영공을 침략해오자 "기기 오작동이라더라"며 대신 변명해주기에 바빴다. 그런 청와대가 헝가리 유람선 사고 때는 새벽부터 네 차례 긴급대책회의를 주재하고, 대통령은 "중요한 것은 속도"라며 외교장관의 현장 급파를 지시했으니 이 정도면 코미디 외교다. 일본 대사관 앞에 몰려가 아베 규탄 촛불 집회를 갖던 100여 개 시민단체들 역시 중국과 러시아의 도발엔 잠잠하다.

서해에서 동해까지 중러에 밀리는 나라

중국이 한국방공식별구역(KADIZ, 카디즈)에 진입하기 시작한 것은 작년부터다. 처음에는 이어도 서남방 동중국해를 중심으로 들락거리더니 우리 서해에 이어 동해로까지 점차 활동 반경을 확대해왔다. 작년 한 해 140회나 카디즈에 무단 진입했다. 우리 군은 강력 항의는커녕 진입 사실 자체를 쉬쉬하더니 마침내 우리 영공까지 뚫렸는데도 우물쭈물한다. 중러에 한국은 밀면 하염없이 밀리는 나라로 비치고 있다.

문재인 대통령은 한반도 정세의 운전대를 잡고 한 · 미 · 일과 북 · 중 · 러가 대치하는 낡은 냉전 구도를 무너뜨리겠다고 했다. 지지자들을 뿌듯하게 만든 이 말의 성찬이 주변 국가들엔 한 · 미 · 일 체제 이탈 선언으로 받아들여졌다. 중러로 하여금 독도를 둘러싼 한일 갈등이라는 급소를 치고 들어오게 한 것이다.

한국을 방문한 미국 볼턴 안보보좌관이 일본과 중재에 나서줄 것으로 기대했다. 그러나 볼턴은 트럼프가 내린 기본 지침을 지켜나갈 수밖에 없다. 그 자신이 대통령의 안보보좌관이 아닌가. 한일 양국이 알아서 해결하라는 가이드라인을 준수할 수밖에 없다. 트럼프 미 대통령은 한일 갈등과 관련해 "양국이 원한다면 내가 (관여)할 것이다. 두 정상이 나를 필요로 하면 거기에 있을 것"이라고 했다. 그러면서 "한국 대통령이 무역과 관련해 (일본과) 많은 마찰이 있다며 나한테 관여할 수 있는지 물어왔다"고 말했다. 문재인 대통령이 도움을 요청했다는 것이다. 청와대도 이를 확인했다. 트럼프 대통령이 개입 가능성을 처음으로 언급하면서도 '양국의 요청'을 전제 조건으로 내건 것은 당장 적극적인 중재에 나서지는 않겠다는 의미였다. 국무부도 "우리는 '독려(encourage)'하는 것 이외에 '중재(mediate)'할 계획은 없다"며 "양국이 스스로 해결책을 찾아야 한다"고 말했다.

미국 측 언급처럼 한일이 외교적으로 풀어나가는 것이 최선이겠지만 이미 그럴 단계를 넘어서고 있다. 양국 모두 국내 정치를 앞세우다 '양보=항복'이라며 스스로 퇴로를 끊어버려 물러설 수 없는 상황에 몰려 있다. 아베 정권은 '화이트리스트'(전략물자 수출절차 간소화 국가 목록)에서 한국을 제외했고, 청와대와 여당은 "일전불사"를 외치고 있다. 많은 전문가가 "브레이크 없이 마주 보고 달리는 한일을 멈춰 세우려면 미국이 어떤 식으로든 개입할 수밖에 없을 것"이라고 내다본다.

한 · 미 · 일 3각 안보협력은 동북아 전략 핵심

문제는 실제 미국의 개입이 본격화될 경우에 대비한 우리 정부의 외교적 준비가 돼 있느냐 하는 점이다. 미국이 공들이는 인도 · 태평양 구상, 대북 제재, 반(反)화웨이 전선에 일본은 '트럼프의 푸들'이라는 조롱을 받으면서까지 적극 동참했지만, 한국은 그러지 않았다. 미국 조야에서는 "한국은 아쉬울 때만 미국을 찾는다"고 한다.

한·미·일 3각 안보협력은 북한과 중국을 견제하기 위한 미국의 동북아 전략 핵심이다. 일본의 수출 규제가 그 협력 체제를 흔들고 있다는 우려가 미국을 움직일 수 있도록 만드는 것이 관건이다. 우리가 한일 정보협정을 깰 수 있다는 식의 자해 공갈은 역효과만 낼 뿐이다. 냉철하고 정교한 외교 전략이 긴요한 시점이다. 동맹국인 미국이 우리를 이렇게 무심하게 대하게 된 책임이 누구에게 있나? 동맹국인 미국보다 전략적 협력관계의 중국에 기울어진 외교정책 때문이다. 이런 안보위협을 제거하고 핵 없는 안전한 한반도를 만들기 위해서는 어떻게 해야 할까?

무엇보다 가장 기본적인 정책결정 기준은 첫째, 오직 국가 이익과 안보 체제의 확고한 유지 발전에 있어야 한다. 지금처럼 위중한 안보 상황에서는 이러한 기본 원칙이 중시되어야 한다. 동맹 원리가 전략적 협력국가보다 더 중시되어야 한다. 정글의 법칙이 작동하는 국제정치에서는 한미동맹정신 강화에 주력해야 하는 이유이기도 하다.

둘째, 대통령의 합리적 판단 능력과 우국충정에 바탕을 둔 전문 관료들의 전문성, 전문가들의 조언이 중요하다. 국가 통수권자는 자신과 정치적 이념이나 가치관이 다른 인사도 등용하여 전문적 지혜를 구해야 한다.

문재인 정부처럼 안보 총사령탑의 무능이 확인된 정부도 없다. 김대중 정부, 노무현 정부와 비교해보라. 이들은 민주당 정부였지만 국익도 알고 동맹 중시 입장도 국익을 위해 얼마나 중요한지 알고 이를 정책화했다. 반면 문재인 정부는 도대체 현재와 같이 안보 파탄을 초래하는 정책만 골라서 추진하는지 이해할 수 없다. 아무리 김정은에게 매달린다고 하더라도 국민의 생명과 재산 그리고 대한민국의 정통성은 지켜야 한다.

셋째, 우리의 국가위기 관리는 주변 4강대국의 협조와 지원 없이는 불가능하다는 점을 알아야 한다. 약육강식의 냉혹한 국제사회에서 국익 보호는 아전인수식 희망적 사고보다 사실 기반의 현실주의가 훨씬 바람직하다.

넷째, 어떠한 외교 안보정책도 국민통합과 지지 없이는 성공적 효율성을 거둘 수 없다. 정치 지도자는 남다른 지혜와 용기가 필요하고, 갑론을박을 거친 위기관리 의사 결정에 대해 모든 책임은 내가 진다(the buck stops here)는 자세가 요구된다. 고대 병법가 손자는 "장수와 병사가 뜻을 같이하면 전쟁에서 승리한다('上下同欲者勝')"고 했다.

나라의 명운이 걸린 엄중한 상황에서 국가이성과 집단지성의 작동 여부는 국가 지도자의 포용과 통합의 리더십에 달려 있다는 사실을 명심해야 한다. 문재인 정부처럼 대통령부터 측근실세 인사까지 나서서 국민을 좌우로 분열시키고 친일·반일 구도로 프레임을 씌우는 정부는 사상 처음이다. 도대체 언제까지 김정은만 생각하면서 우리 안보를 통째로 바치려는 건지 알 수가 없다.

레이건의 리더십 배워야

지금이야말로 국가 지도자의 담대한 정치력과 위기관리, 리더십을 발휘하여 국내정치 논리가 아닌 국제정치와 외교적 논리에 의한 외교관계 개선을 적극 추진해나가야 한다. 이것이 바로 1980년대 냉전을 종식시킨 레이건 외교의 중심 개념이다. 문재인 정부는 레이건의 리더십을 반드시 배워야 한다. 그래야 북핵도 폐기하고 김정은 정권의 레짐 체인지도, 자유민주와 시장경제가치를 토대로 한 평화통일도 가능하다. 그때라야 한반도는 진정 영원한 평화시대로 진입한다. 고대국가 카르타고는 분열 정치로 망했고, 로마는 통합과 개방 정치로 번영했음을 되새겨볼 때이다. 한마디로 "바보야, 안보가 문제야!"라는 글귀가 귓전에 맴돈다. 국정조사와 외교 안보라인의 전면교체가 필요한 이유가 여기에 있다.

새로운 군비 경쟁의 복판에 놓인 한반도

트럼프 대통령이 선언한 대로 미국이 1987년 러시아와 체결한 중거리핵전력(INF) 조약이 지난 8월 2일 완전 파기되었다. 이로써 이제 국제사회에는 새로운 '군비 경쟁 시대'가 본격화될 것이라는 우려가 나온다.

칼라 글리슨 미 국방부 대변인은 지난 7월 31일 "러시아는 INF 의무 사항의 검증 가능한 준수 상황으로 돌아가려는 어떤 의미 있는 조치도 취하지 않았다"며 "조약이 8월 2일 종료되면 미국은 더 이상 INF상 금지 조항의 영향을 받지 않는다"고 밝혔다. 미 국무부는 이례적으로 'INF 오해 바로잡기(Myth Busters)'라는 자료까지 내며 INF 탈퇴의 정당성을 주장하고 러시아 측 주장을 반박했다.

이 자료는 '러시아는 조약 관련 협상 의지가 있는데 미국은 없다'는 지적에 대해 "미국은 6년간 러시아에 조약 불이행 문제 해결을 위한 협상을 벌여왔고 30회 이상 문제를 제기해왔다"며 러시아와 6년간 논의한 기록까지 담았다.

INF 조약은 냉전시대였던 1987년 12월 당시 로널드 레이건 미국 대통령과 미하일 고르바초프 소련 공산당 서기장 사이에 체결해 이듬해 6월 발효됐다. 사정거리 500~5500km의 중·단거리 핵미사일을 없애고 개발과 배치를 하지 않겠다는 것이 핵심 내용이다.

그러나 2000년대 들어 미국이 유럽에 미사일방어(MD) 체계를 구축하고, 러시아도 단거리 탄도미사일을 개발하면서 조약에 서서히

금이 가기 시작했다. 재작년 러시아가 9M729 미사일을 실전 배치하자 도널드 트럼프 미 대통령은 지난해 10월 INF 조약 탈퇴를 공식 선언했다. 러시아도 물러설 수 없다는 입장이다. 러시아는 9M729의 사거리가 500km에 미치지 않아 INF 금지 대상이 아니라고 밝혔다. 블라디미르 푸틴 러시아 대통령은 지난달 3일 INF 조약 참여 중단 법령에 서명했다. 미국이 INF 조약을 탈퇴하면 러시아도 탈퇴하겠다는 것이다.

미국과 러시아의 INF 탈퇴 이후 동북아에서 중국을 겨냥한 중거리 미사일 배치로 이어질 가능성도 제기된다. 미국이 한국에 중거리 미사일을 배치하려 한다면 '제2의 사드' 사태가 벌어질 수 있다는 관측도 나온다. 미국은 2021년 시한이 만료되는 신(新)전략무기감축협정(New START)도 갱신하지 않을 것이라는 전망까지 나오고 있다.

이러한 상황에서 북한은 지난 5월 단거리 탄도미사일 발사 이후 지속적으로 대남군사도발을 자행해오고 있다. 즉, 북한은 지난 7월 25일에 이어 31일 그리고 다시 8월 2일에도 미사일 도발시험을 단행했다. 한미 정보당국은 이들 발사체를 신형 단거리 탄도미사일로 보고 있지만, 북한 관영매체는 발사 하루 만인 지난 1일 '신형 대구경 조종방사포'라고 밝히고 관련 사진을 공개했다.

북한의 이 같은 연쇄적인 '발사체 도발'은 한국의 F-35 스텔스 전투기 등 첨단 전력 도입과 이달 5일 시작될 예정인 한미연합훈련을 겨냥한 것이라는 해석이 나온다. 조선중앙통신은 앞서 지난달 25일 진행된 단거리 탄도미사일 시험발사에 대해서도 김정은이 "첨단공격형 무기들을 반입하고 군사연습을 강행하려고 열을 올리고 있는" 데 대한 무력시위의 일환이라고 밝혔다. 그러나 더 근본적인 도발 의도를 정확히 판단해야 한다. 단순히 그동안 김정은이 개발해온 첨단무기에 대한 성능시험은 물론 장기적으로는 한미 이간과 동맹 체제의 무력화 전략임을 잊어서는 안 된다.

북한의 연이은 대남 미사일 도발은 우리 군의 대북 정보 감시 및 분석 능력에 대한 심각한 의문과 함께 킬 체인(Kill Chain)의 근간이 흔들릴 수 있다는 우려가 제기되고 있다. 그나마 다행스러운 것은 현재 논란이 되고 있는 한일군사정보보호협정(GSOMIA)에 따른 한일 군 당국간 정보교환이 이뤄지고 있다는 점이다. 이로 인해 우리 군이 북한 미사일의 추적 감시 작전이 가능했던 것으로 알려지고 있다.

문제의 심각성은 여기에서만 그치지 않는다는 데 있다. 북한의 핵미사일 고도화 작업이 은밀하게 지속되고 있다는 점이다. 북한은 지난 4월 개정된 헌법에서 북한 핵 보유를 그대로 기정사실화하고 있다. 미북 정상회담 채널을 통해서도 북한은 미국의 빅딜 전략을 정면 거부하면서 부분적 비핵화에만 집중하고, 결국에는 핵 군축회담으로 변질시키겠다는 저의를 버리지 않고 있다.

우리로서는 북핵 미사일의 실전 상황에 대비할, 보다 적극적인 사전방어 장치를 확보해야 할 절박한 시점에 와 있다. 바로 전술핵 재배치와 나토(NATO)식 핵 공유 협정의 체결 방안이 뜨거운 감자로 다시 부각되고 있다. 제임스 인호프 미 상원 군사위원장이 지난 7월 31일 한·미·일 전술핵무기 공유 주장에 대해 "살펴보고 고려해야 할 사안"이라고 말했다.

인호프 위원장은 이날 "미 국방부 산하 국방대가 제기한 한 · 미 · 일 비전략 핵무기(전술핵무기) 공유론을 지지하느냐"는 자유아시아(RFA) 방송 질의에 이같이 답했다. 북한의 미사일 도발이 계속되는 상황에서 전술핵무기 공유론도 검토해볼 가치가 있다는 것이다.

코리 가드너 미 상원 외교위 동아태소위원장(공화)도 한 · 미 · 일 전술핵무기 공유 문제에 대해 "일본과는 이를 따로 논의해본 적이 없지만, 한국 당국자들과 논의는 과거에 몇 번 있었다"며 "이러한 결정은 미 행정부가 한국 또는 일본과 논의하에 결정해야 할 사안"이라고 말했다. 과거 자유한국당 의원들은 가드너 의원을 만나 전술핵무기 재배치를 지지해줄 것을 요청하기도 했다. 한일 갈등이 한 · 미 · 일 핵 공유의 걸림돌이라는 주장도 나왔다. 미 국방정보국 출신 브루스 백톨 앤젤로 주립대 교수는 미국의소리(VOA) 방송에서 "아시아는 가치 중심의 유럽과 달리 미국을 중심으로 역내 국가들이 각자 이익에 따라 동맹을 유지하고 있다"며 "최근 불거진 한일 갈등에서 드러났듯, 공동 위협에 대응할 수 있는 분위기가 무르익지 않았다"고 말했다. 가치 동맹이 아니라 이익에 따라 이합집산을 하는 분위기에서 아시아에서 핵 공유는 시기상조란 것이다. 그러나 브루스 베넷 랜드연구소 선임연구원은 "한 · 미 · 일 핵 공유는 북한의 핵 도발을 근본적으로 단념시키는 효과가 있다"며 이 제안을 긍정적으로 평가했다.

유럽식 나토 전술핵 운용의 필요성

그렇다면 나토식 핵 공유의 개념을 제대로 이해할 필요가 있다. 우선 나토의 핵 공유 프로토콜을 살펴보면 유럽 내 전술핵 규모는 200~330기 수준으로 추산되며, 2015년에 네덜란드 · 벨기에 · 독일 · 이탈리아 · 터키 등 5개국 6개 미군기지에 전술핵(B-61) 탄두가 남아 있는 것으로 알려져 있다.

전술핵 운용 방식은 즉, 핵 공유 메커니즘을 보면 전술핵은 해당 기지에 주둔하고 있는 미군 탄약지원대대(MUNSS)의 전적인 관리와 통제 아래 있고, 현지 해당국 정부나 군 당국의 접근 권한은 없다. 주기적으로 이루어지는 전투 대비 태세 점검이나 정비, 교체 등 일상 업무 역시 미군이 수행하고, 전술핵 탄두를 실어 적군에게 투하하는 임무는 기지를 나눠 쓰고 있는 해당 국가 공군이 담당하게 되어 있기 때문에 유럽의 미군 전술핵 탄두를 핵 공유 메커니즘이라고 부르고 있으며, 이에 따라 해당 국가는 자국의 공군 주요 기종을 B-61 탄두 운반이 가능하도록 개조하여 보유하고 있다.

전술핵 가동 절차는 미국 대통령과 국방장관, 국무장관으로 구성된 국가군사지도부(NMA · Munitions Support Squadron)가 긴급행동 메시지(EAM · Emergency Action Message)를 발신하면 유럽 기지의 미군 MUNSS가 이를 수신해서 진본 확인 후 미군의 모든 핵무기에 부착된 PAL(Permissive Action Link) 코드를 입력하여 현지 공군에 인계한다. 이들 공군이 핵무기를 자국 전폭기에 장착해 발진하게 되며,

이러한 절차를 통해 미국의 동의 또는 결정 없이 전술핵무기가 사용될 수 있는 여지를 근본적으로 차단한다.

핵 공유 프로토콜의 의미를 살펴보면, 나토의 핵 공유 프로토콜은 초기에는 미국이 유럽 측 의사와 상관없이 재래식 전쟁을 핵전쟁으로 비화시킬지 모른다는 공포를 해소하는 데 일정 부분 의미가 있었다. 미군 전술핵은 실제로 전쟁이 벌어질 경우 이들 탄두를 사용할지 여부, 어떤 대상을 향해 언제 사용할지 등의 논의는 나토에 위임돼 있을 뿐, 전술핵이 위치하고 있는 개별국가가 별도의 발언권이나 결정권을 행사하는 것이 아니다. 전술핵 탄두와 관련한 주요 사항을 논의하는 과정에서 5개 전술핵 배치 국가뿐 아니라 나토 회원국 전체가 참여하고, 의사 결정은 참여국가 모두의 만장일치에 따라 이뤄지는 것이 기본 원칙이다. 핵 전력을 독립적으로 운영하는 프랑스를 제외한 27개 회원국(냉전종식 이후 나토에 가입한 동유럽 및 舊소련 국가들 포함)이 동등하게 결정권을 공유하는 구조다.

핵 공유 방식으로는 1966년 12월 핵계획그룹(NPG)을 창설하여 운영하기로 했다. 미국의 유럽안전보장에 대한 유럽 각국의 의구심으로 인해 프랑스는 독자 핵무장을 선택했고, 서독은 미국 핵무기의 사용권을 실질적으로 공유할 수 있는 제도적 장치 마련을 요구하기도 했다. 이에 따라 서독은 핵 사용 여부를 비롯한 나토의 주요 군사행동 결정을 만장일치가 아닌 다수결로 해야 한다고 주장하기도 했다.

NPG는 회원국 사이 핵 정책에 관한 문제를 기획·논의·결정하는 주요 기구로서 회원국 전체의 핵 정책을 관장하고 조율하며, 핵 확산이나 군축 같은 이슈도 함께 논의하는 기구로 정착되었다. 운영 방식은 주요 나토 회원국의 장관급 각료(주로 국방장관)가 참석하고 각료급 정기회의는 1년에 1~2회 개최한다. NPG의 주요 성과로는 INF 조약의 체결을 들 수 있다.

유럽식 나토 전술핵 운용이 우리에게 던지는 시사점은 전술핵 재반입의 의미를 제대로 이해하는 것이다. 우리는 미군의 전술핵이 국내에 재반입되는 것 자체를 핵 확장 억제를 위한 미국 측의 정치적 의지를 상징하는 것으로 인식하고 접근하는 게 바람직하다.

전술핵 한반도 재반입은 불가피한 현실

　전술핵 재반입의 현실적 가치는 북한과 담판을 전제할 때 북한과 비핵화 협상 과정에서 카드로 쓰는 시나리오를 상정할 수 있는 근거가 된다. 특히 북한의 핵무기 전력화 완결 단계 도달을 고려할 때 전술핵 한반도 재반입은 '한반도 핵 균형'을 위한 단기적 방안으로서 여전히 유효한 카드다. 소유권은 미국이 가지기 때문에 핵 비확산이라고 하는 정책의 큰 틀을 위반하는 것도 결코 아님을 명심해야 한다. '한반도 핵 균형'은 북한의 핵무장 현실에 대응하기 위한 전략으로, 궁극적 목표는 한국의 핵무장이 아니라 북한의 핵 포기 달성을 통해 한반도 비핵화에 도달하는 것임을 중시해야 한다.

　다만, 트럼프 행정부하에서는 재정부담 문제가 제기될 수 있다. 한미방위비 분담금 협상에서도 전략자산의 전개비용과 훈련비용까지 우리 정부에 부담을 강요하고 있고, 이러한 협상전략에 따라 우리에게 50억 달러 수준의 분담금을 제시했다는 보도마저 나오고 있다. 우리가 나토식 공유 메커니즘을 요청할 경우, 미국은 우리에게 재정부담을 제기할 가능성이 어느 때보다 클 것이다. 현재 미국은 B-61 탄두를 비롯한 전술핵 탄두를 유럽에서 유지하는 데 1년 2억 달러 안팎의 국방예산을 사용하고 있고, 향후 유지·보수를 원활히 하기 위해 B-61 탄두를 현대화하려면 최소 4~5억 달러 수준의 예산 투입이 필요한 것으로 알려져 있다.

　결국 우리가 북핵 미사일 위협에 대응하기 위해서는 추가적인 재정부담이 불가피한 측면이 있는 것이다. 이런 재정부담 없이 우리 안보를 지켜낼 수 있는 안보 환경을 만들 수 없다면 한미동맹 체제의 대북핵 억지력 확보 차원에서 긍정적인 검토가 불가피할 것이다.

7

미중 패권 경쟁시대의
대중국 외교전략

우리 스스로 약소국 정체성에 고정시켜 미중 사이에서 줄타기로
대처할 경우 즉시적 대응이 곤란하고, 기대감으로 압박의 빌미를
제공하게 된다. 국가 이익에 관한 원칙과 기준을 세우고 이에 의거해
일관되게 대응한다면 미중 모두에게 과도한 기대를 줄이고 당당한
이해 당사국으로 인정받는 성과를 거둘 수 있을 것이다.

미중 패권경쟁 왜 빨리 왔나?

　미국과 중국의 무역전쟁이 예상대로 패권경쟁으로 흘러가고 있다. 미중 패권경쟁이 일찌감치 본격화된 이유는 첫째, 중국의 육상·해상 실크로드를 결합한 '일대일로' 구상이 기본 원인을 제공했다 할수 있다. 중앙아시아와 동남아를 뛰어넘어 아프리카, 유럽까지 親중국의 무대로 만들겠다는 욕심이 미국의 견제를 자초한 것이다.

　둘째, '중국제조 2025' 플랜의 '기술굴기' 정책이 미국의 위기의식을 촉발해서 세계의 공장 '제조대국'에서 '첨단기술대국'으로 전환하려는 야심을 방치하면 미국의 산업경쟁력이 침해를 받고 세계 초강대국으로서 지위가 흔들릴 것을 우려한 것이다.

　셋째는 미중 양국에 '스트롱맨' 등장으로 강경론의 지배를 받은 '세력정치'가 본격화되어 시진핑의 '중국의 꿈(中國夢)'과 트럼프의 '미국 우선주의'와 충돌하게 된 것이다.

자, 패권경쟁의 단초인 무역전쟁의 실상을 들여다보자. 무역전쟁은 '승자가 없는 게임'이라는 것이 역사의 교훈이다. 그런데 미중은 왜 피 터지게 싸우는 걸까? 그 이유는 미중 무역전쟁의 본질이 '적자 균형'이 아닌 '기술전쟁'이기 때문이다.

문제는 무역전쟁은 '제로섬(Zero-Sum)' 게임이지만 기술전쟁은 '승자독식(Winner's Poison)'의 게임이란 점에서 서로 양보할 수 없다는 데 있다. 더구나 다가오는 제4차 산업혁명 시대는 핵심 기술의 지식재산권을 가진 자가 모든 걸 독차지하는 경제 체제가 되기 때문에 전쟁의 양상은 더욱 치열해질 수밖에 없다.

G20 정상회의를 계기로 미중 무역협상의 모멘텀 유지 가능성이 제기된 바 있다. 트럼프는 "시진핑을 별도로 만날 것"이라 말했고, 시진핑은 "트럼프는 나의 친구"라고 언급했다. 그러나 이 무역전쟁은 일시 타결로 끝나는 갈등이 아닌 전방위 경쟁이라는 점에서 순차적, 단계적인 전선 확대 방향으로의 전개가 예상된다.

경제와 안보는 동전의 양면이다. 경제 전선에서는 무역전쟁, 기술전쟁, 환율전쟁(금융 완전개방)으로 이어지고, 안보 영역에서는 反사이버戰, 군사기술전자戰, 우주戰으로 확전될 가능성이 있다.

단기적으로는 미국 트럼프는 2020년 대선 시기까지 미·중 무역전쟁을 최대한 활용할 것으로 예상된다. 이는 선거용으로 매우 효과적이고 유력한 카드임에 틀림없다. 궁극적으로는 패권의 저울이 확실히 기울어질 때까지 장기전이 불가피할 것이다. 타협이 가능한 경우의 수는 미국이 중국의 동아시아 지역패권을 인정하고 '양극 체제'로 공존하는 방법이다. 포스트 트럼프 시대까지 고려하면 '양극 패권' 시나리오 가능성이 높아지므로 이 경우의 수도 염두에 두고 대비할 필요가 있다.

화웨이 제재는 기술 패권전쟁의 서막

미국과 중국의 기존 관계는 한계에 도달했다. 미중 관계가 예전으로 돌아가는 시대는 끝났다. 곧바로 새로운 모델이 정착되기는 어렵겠지만 결국 안정적 패러다임을 찾을 수밖에 없다. 중국이 계속 성장하더라도 미국과 패권쟁탈이 아니라 세력분산 형태가 될 것이다.

중국은 최소한 서방 선진국 질서의 틀에 갇히는 일은 없을 것이다. '경제 발전의 권리'를 반납하는 것이나 마찬가지이기 때문이다. 그런 점에서 미국 요구를 100% 수용하는 것은 불가능하다. 결국 패권경쟁은 국제사회에서의 '규범과 질서' 경쟁으로 귀결될 것이다.

화웨이 그룹에 대한 제재는 기술패권 전쟁의 시작을 알리는 도화선으로 볼 수 있다. 무역협상의 레버리지처럼 보이지만, 중국의 기술굴기를 제압하려는 기술전쟁 차원에서 전개되는 별도의 전장이다. 앞으로 미중 무역전쟁이 타결되더라도 미국은 화웨이에 대한 제재는 풀지 않을 것이다. 5G 기술 표준화 선점을 위한 기술규범 전쟁으로 제4차 산업혁명의 신기술에서 중국이 기술표준을 선점하면, 미국 주도의 국제질서에 기술패권의 역전 현상이 초래될 것이라는 위기의식이 깔려 있는 것이다. 중국의 대응은 휴전에 초점을 두고 장기전으로 맞설 것이다.

'중국제조 2025'는 시진핑의 국가 대전략인 '중국몽'을 실현할 핵심 정책수단이다. 이를 수정하라는 것은 '중국몽'을 포기하라는 것으로 수용하기 어렵다. 중국은 미국과의 협상을 최대한 길게 끌고 버틸 때까지 버티면서 경제체질 개선을 위한 '시간 벌기'에 주력할 것으로 예상된다. '확전은 피하되 굴복하지 않는다'로 요약할 수 있다. 단기적으로는 일대일로 전략을 국제사회의 의구심을 해소하는 방향으로 추진 방식이 조정될 가능성이 크다.

한중 관계, 사드 갈등으로 질적 변화

사드 갈등을 계기로 한중 관계 프레임은 질적으로 변화했다. 한중 관계는 더 이상 양자 차원에 국한하지 않고 미·중 관계와 맞물릴 수밖에 없는 상황으로 전환된 것이다.

2017년 이전의 동북공정, 통상무역 갈등, 서해어업 갈등 등은 양자 차원에서 해결이 가능한 문제였다. 그러나 사드 배치에 따른 갈등과 경제보복은 차원이 다른 문제로 양국의 노력만으로는 근본적인 해결이 곤란한 문제가 되었다.

존 미어샤이머 시카고대 교수는 한 국내 강연에서 한반도 정세의 4가지 리스크 요인으로 한반도에서 미중 경쟁의 첨예화와 북한의 핵 보유 장기화, 남북 분단의 고착화와 북한의 중국 영향권 내 포섭을 들었다.

한국은 기존 한미동맹 중심의 한 방향 외교 전략을 재점검해야 하는 상황이다. 그동안 "안보는 미국, 경제는 중국"이라는 이른바 '안미경중(安美經中)' 전략이 먹힌 이유는 미중 관계가 상호 '협력과 견제'의 보완적 질서를 형성했기 때문이다.

미중 간 협력질서와 신뢰관계가 깨지면서 한국의 미중 사이 편의적 공간이 사라지고 양자택일의 선택을 강요받는 상황에 직면했다. 한국이 양자택일의 딜레마를 피하려면 결국 미중 경쟁관계와 양립할 수 있는 '한국식' 외교안보 개념을 제시하고, 새로운 동북아 안보 구도를 찾아야 할 것이다.

대중국 외교전략, 유연성과 장기 대책 필요

외교의 전략적 유연성을 발휘하여 최대한 동맹과 보조를 맞추되 반대 진영과도 전략적 소통과 내막적 조정이 필요하다. 섣부른 택일을 피하고 양쪽 모두가 우리를 자기편에 가깝다고 인식하도록 하면서 생존 공간을 넓혀나가는 전략적 고민이 필요한 시점으로 외교력 시험대에 서 있다.

미 해리스 대사와 폼페이오 장관이 화웨이 배제에 동참을 요청한 발언은 LG유플러스 등을 겨냥한 미국의 공식 요청으로 봐야 한다. 미국은 최근 중국의 외국기업 압박으로 지난 6월 초 중국 국무원, 삼성, SK, MS, ARM, Dell 등 외국 ICT 기업을 불러 5G와 관련해 "反화웨이 동참 시 응징"에 협조를 요청하며 경고 의미를 보냈다.

청와대 윤종원 경제수석은 지난 6월 7일 "화웨이 장비가 한미 군사안보 분야에 전혀 영향이 없다"며 "기업이 자율적으로 결정할 부분"이라고 언급했다. 그러나 미 국무부는 청와대의 '화웨이 장비, 한미 군사안보와 무관' 논평에 대해 반박하며 "5G 가설 시 화웨이의 위험성을 엄격하게 고려하는 것이 필요하며 동맹국 네트워크가 취약하면 기밀공유 문제를 재평가할 것"이라는 입장을 언급했다.

제2의 사드 보복 사태 우려에 대하여 IT 업계는 정부가 화웨이 사태에 대해 외교력을 총동원해주길 희망하지만, 정부 내 컨트롤타워가 부재인 상태로 외교부 내 미중 전담 태스크포스 설치도 구성되어 있지 않은 것 같다. 정부가 앞장서서 입장을 밝힐 경우 제2의 사드 사태를 불러올 위험이 있어 정부는 "국제 통상질서를 저해하는 행위에 동의할 수 없다"는 원칙적인 입장을 양국에 명확하게 제시하면 될 것이다. 화웨이 제재 동참 문제는 사드 사태와는 성격이 다르다는 점에 유의할 필요가 있다. 안보와 경제 문제는 국가의 주관 의지로 시장논리의 문제인 것이다.

'전략적 모호성'은 대안이 될 수 없으며 중립으로서 '소극적인 회피'에 불과하다. 따라서 지난 사드 설치 때 '전략적 모호성'의 대응이 양쪽으로부터 신뢰를 상실했던 실패 사례를 교훈 삼아 '전략적 유연성'으로 돌파해야 한다.

한국의 '국가 이익' 당당히 제시해야

우리도 외교전략 원칙은 양보할 수 없는 '핵심 이익' 가이드라인을 제시할 필요가 있다. 우리 외교 대응의 원칙과 기준을 공지하여 다른 나라가 이를 사전에 고려할 수 있도록 전략적 이해의 폭을 넓히는 것이 바람직하다.

중국이 제시하는 국가 핵심 이익은 2011년 9월 국무원 신문판공실 『중국의 평화발전』 백서에서 중국은 핵심 이익 영역으로 국가 핵심 이익을 국가주권, 국가안보, 영토완정(完整), 국가통일, 국가정치제도와 사회 안정, 경제사회 지속 발전 보장 등을 내세우며 핵심 이익 수호를 위해서는 전쟁도 불사할 것임을 천명하고 있다.

미국이 추구하는 중요 이익은 자유민주주의, 시장경제주의 그리고 인권이다. 미국은 동북아 역내 패권 유지라는 목적하에 미중 관계 관리 및 중국 견제, 대만해협 안정과 대만 보호, 남중국해 항해자유권 고수, 북한 비핵화, 미일 동맹 유지와 강화, 자유·공정 무역질서 구축 등을 주요 국가 이익으로 설정하고 있다.

국제 규범과 인류 정의에 근거하여 국가가 지켜야 할 가치와 전략 목표를 '국가 이익'으로 개념화하여 공표할 경우 상대국의 압박에 대응할 확실한 명분이 되고, 장기 견지해나감으로써 외교 논란의 재발을 줄여나갈 수 있을 것이다.

우리 스스로를 약소국 정체성에 고정시켜 미중 사이에서 줄타기로 대처할 경우 즉시적 대응이 곤란하고 기대감으로 압박의 빌미를 제공하게 된다. 국가 이익에 관한 원칙과 기준을 세우고 이에 의거해 일관되게 대응한다면 미·중 모두에게 과도한 기대를 줄이고 당당한 이해 당사국으로 인정받는 성과를 거둘 수 있을 것이다.

기존 패권국(America First)과 신흥 강대국(中國夢)의 지정학적 충돌('투키디데스의 함정')이 대두되었다. 중국의 국가총생산(GDP)이 미국의 68%(2018년)로 3분의 2를 넘어섰다. '안보가 먼저냐, 경제가 먼저냐'는 문제는 '둘 다 먼저다'가 되었다. 과거 안보 우선주의가 지배적인 논리가 오늘날 안보와 경제는 동전의 양면으로 불가분의 관계가 되었다.

이중의 딜레마는 동북아 지정학 구조에서 상존한다. 섣불리 어느 한쪽을 편드는 것은 어리석다. 양자택일을 해도 터지고, 안 해도 터진다. 선택을 안 해 잽을 맞으면 코피만 터지지만, 섣부른 선택으로 다른 일방에게 세게 맞으면 '초주검'이 된다. 지정학적, 전략적 가치는 결정하기 전까지만 유효하다. 일단 한쪽에 편승하면 가치는 하락하고 다른 쪽의 반발·보복을 온전히 감수할 각오를 해야 한다.

美, 패권국의 '공공재' 제공 임무 포기

1970년대 국제정치학자 로버트 길핀(R. Gilpin)은 "쇠퇴하는 패권국은 자유무역 질서의 공공재 제공을 기피하게 된다"고 했다. 자국 산업을 보호하기 위해 신중상주의로 정책을 지향하고 패권 역량을 회복하기 위해 '약탈적 패권(Predatory Hegemony)'으로 전환하게 된다.

'상대적 이익' 추구로 물질적 자원 통제력이 약화되고, 패권의 쇠퇴로 영향력 회복을 위해 잠재적 도전국의 경제성장 견제 정책을 집행한다. '상대적 쇠퇴'(Gap 축소)를 경험 중인 미국은 무역보복 조치로 불균형을 개선하고 우위권 유지에 전략을 집중하는 것이다.

환태평양경제동반자협정(TPP) 탈퇴, 나프타 무력화, 파리환경협약 탈퇴, WTO 탈퇴 위협 등으로 미국이 보호무역주의로 전환한다면 이는 곧 '공공재' 제공을 포기하고 자유무역 질서를 쇠퇴시키는 결과를 초래한다. 결국 미국의 패권국으로서 위상이 약화됨을 의미한다.

한중 관계의 미래

한국에게 중국의 중요성은 한반도 통일 과정과 통일 달성에 큰 영향력을 가진 국가라는 것, 그러면서 한반도 평화 안정 유지에도 매우 중요한 국가라는 것이다. 중국은 세계 최고의 거대한 소비시장이자 한국의 최대 교역국이며, 경제 상호 보완성을 유지하고 있다. 정치, 군사, 안보 분야에서도 주요 협력국가로 유지해야 하고, 세계무대에서 G20, APEC, ASEM, EAS 등 주요 국가로 영향력이 크다는 점을 인지해야 한다.

반면 중국에게 있어 한국의 중요성은 중국 경제발전에 좋은 참고 국가이고, 동아시아 한반도 평화안정 유지에 중요한 협력 국가라는 것이다. 경제적으로 최대 주요 교역 상대국이며 투자 대상국이다. 중국 핵심의 국가 이익 저해 가능성을 차단하기 위해 협력을 증대해야 하는 국가이며, 양국 이익을 위해 각종 국제무대에서 협력증진을 추진해야 하고 오랜 역사적 유교 문화권의 동질감을 갖춘 중요 국가인 것이다. 양국 관계의 발전 방향은 양국 번영과 양국민의 행복한 삶을 위해 또 한반도의 평화와 안정을 위하고, 아시아 공동 번영에 기여해야 한다. 양국 관계 발전을 위해 양국간 상호 이해와 상호 신뢰를 쌓고, 미래 지향적 호혜협력을 강화하며, 국가 평등의 원칙과 국제규범을 존중하여 지역과 국제사회의 평화 · 안정과 공동 번영 및 인류의 복지 증진에 기여해야 한다.

정치 · 안보 분야의 전략적 소통 강화가 중요한 만큼 지도자간 상시 소통을 위해 청와대 국가안보실장과 외교담당 국무위원 대화가 상시 이루어질 수 있도록 채널을 마련하고, 외교장관 상호방문 정례화, 정당간 정책 대화, 국책연구소간 교류를 추진해야 한다.

경제·사회 분야의 협력을 확대하여 양국민간 교류, 특히 인문유대 강화활동을 적극 추진하여 지역 및 국제무대에서 협력을 강화해야 한다.

불확실성 시대의 외교전략

국가 외교의 전략적 유연성과 장기적 대응 전략을 고려해야 한다. 외교의 전략적 유연성을 발휘하여 최대한 긴 호흡으로 동맹과 보조를 맞추고 반대 진영과도 전략적 소통 및 내막적인 조정이 필요하다. 한국은 전 세계적 중심의 자유무역 국가이며 수혜자다. 한국의 미래 먹을거리도 결국 자유무역 환경이 선행되어야 가능하다.

우리는 섣부른 선택을 피해야 한다. 그리고 미중 모두가 우리를 자기편에 가깝다고 인식하도록 하면서 생존 공간을 넓혀나가는 전략적 선택을 진지하게 연구해야 한다. 혹자는 어차피 한 쪽을 택할 거라면 빨리 줄을 서는 것이 낫다는 식의 자조적인 주장을 펴기도 한다. 문제는 트럼프의 '중국 길들이기'가 단기전으로 끝나지 않고 장기화될 경우를 대비해야 한다는 것이다.

8

북한 비핵화와
한반도 평화구축

북한이 핵 동결을 넘어 핵 확산을 중지하고 검증을 통해 무기 ·
시설 · 물질 · 기술을 모두 해체하는 시점에야 비로소 한반도에
진정한 평화가 왔다고 할 수 있다. 향후 북한이 비핵화를 완성함으로써
정상 국가로 국제사회에 편입하는 그날, 남북은 순조롭게
통일을 위한 준비에 들어갈 수 있을 것이다.

감성적 민족주의에 발목 잡힌 대북 · 안보정책

한일 경제 분쟁 와중에서 문재인 대통령은 남북경협으로 일본을 극복하겠다고 천명함에 따라 현 정권의 대북 · 안보정책의 민낯을 고스란히 드러내며 또다시 파장을 일으켰다. 우리 GDP의 50분의 1밖에 안 되는 북한과 당장 무슨 경협을 할 것이며, 설사 경협이 이뤄진다 해도 우리 GDP보다 3배나 많은 일본을 잡는다는 게 가당키나 한 일인가? 이 정도 의문은 현실 인식에 문제가 있는 대통령의 소치로 혀를 끌끌 차며 넘어가면 그만이다. 하지만 이 판에 북한을 끌어들인 저의는 도무지 납득이 되지 않는다. 도대체 이 나라는 국민의 생명과 재산을 위협하는 적을 누구로 인식하고 있는가? 일본을 연일 남쪽에 경고를 하며 미사일을 쏘아대는 북한보다 더 적대시해야 하는 것인가?

이 정도면 현 정권이 반일(反日)을 거쳐 반미(反美)를 완결하고 김정은 입맛에 맞는 한반도 환경을 조성한 뒤 '민족끼리' 대통합을 꾀하고 있다는 항간의 소문이 현실로 가고 있는 게 아니냐는 우려를 하지 않을 수 없다. 사실 문재인 대통령의 끝도 없는 김정은 사랑은 우리 대북·안보정책에 그대로 녹아들어 육상과 해상의 국가방어선이 허물어져 극도의 위기 상황을 걱정할 지경에 이르렀다. 현 정권의 '북한 바라기'는 정말 끔찍할 정도다. 김정은이 '직접' 공개하거나 공식화하지 않은 발언들을 제멋대로 해석해가며 '희망적 사고(Wishful Thinking)'를 붙여 국민에게 전하고 있다. 최근에는 '오지랖 떨지 말라'느니 '맞을 짓 하지 말라'느니 온갖 모욕적인 말을 들어도 침묵으로 일관하며 따뜻하게 돌아서줄 날을 학수고대하는 상황이다.

기가 막힐 노릇이다. 남북간 신뢰가 확고히 구축되지 않았음에도 북한의 실제 의도 검증과정이 불가피하지만 북한의 선의를 무조건 믿자며 '허황된 평화'를 선동하고 있다. 안보는 정파와 이념을 넘어 국가 영토와 국민의 생명·재산을 안전하게 보호하기 위해 신중한 접근이 필요하나 '지나친 조급증'으로 외교와 안보의 실패를 거듭하고 있다. 자주·책임국방으로 포장한 일방적 무장해제와 탈미(脫美)주의로 한미간 북핵 해법 이견과 연합 군사훈련 중단, 미국과의 사전협의가 부족한 남북 군사합의 체결 등으로 한미동맹 관계의 균열현상 또한 심화되었다. 남북 군사합의의 경우는 군사적 긴장완화를 명분으로 한국의 전략적 우위를 포기하여 스스로 대북억지력과 방위태세를 무력화하고 말았다. 이런 상태를 방치한다면 한국만의 일방적 무장해제로 북한의 군사적 도발을 자극하며 무방비 상태에 빠질 수 있다.

북한의 '민족공조' 노선이 한미관계 이완과 국제 제재망의 붕괴 등을 염두에 둔 대남 전략임에도 '민족화해'와 '대북지원'을 대북정책의 핵심 사안으로 다루고 있는 것도 문제다. 이로 인해 '북한 핵 비확산과 북한인권 개선' 등 우선적인 국제 관심사를 망각한 채 실현이 불확실한 김정은의 '조선반도에서의 핵무기와 핵위협 제거 및 핵 불사용' 약속을 근거 없이 맹신하고 있다. 또 '북한 비핵화(FFVD)'가 진정한 평화의 주춧돌인데도 북한의 위선적 비핵 조치를 구체적 비핵 조치로 받아들이려는 '의도적으로 정치화된 해석'을 앞세워 가식적인 평화론에 매달리는 우(愚)를 범하고 있다.

'김정은 바라기'와 '평화 감성팔이'는 본말의 전도

현 정권은 보수 세력의 약화와 국민의 안보 피로감을 이용하여 '평화감성'을 자극하고 확산시키는 대북정책을 추구하고 있다. 한국의 보수 세력을 '전쟁 불사, 안보 팔이'로 몰아붙이며 수구 냉전세력이라는 프레임에 가두려는 전략을 구사하고 있다. 2000년대 이후 북한 핵문제의 재부상과 2010년 천안함 폭침, 연평도 포격 등 잇단 북한 핵미사일 도발로 국민의 안보 피로감이 고조된 상황에서 안보 문제 해결이 아니라 '심리적 마취제'를 놓는 데 혈안이 되어 있다. 남북간 무력 충돌이 없으니 평화가 온 게 아니냐는 무책임하고 낭만적인 평화관이나 남남분열을 유도하며 걸핏하면 "전쟁을 하자는 것이냐"는 한마디로 반대 세력의 입을 봉쇄하는 것 모두 연장선상에서 나오는 책략들이다.

결국 내실 있는 남북관계 진전보다 '보여주기식' 평화 이벤트에 몰입하여 '평화 대 전쟁'의 이분법적 구도를 남용함으로써 국론을 분열시키고 한국사회의 진영논리를 강화하는 심각한 부작용을 초래하였다. 문재인 정권의 이러한 행보에는 경제위기를 비롯한 불리한 국내 상황을 덮고 야당과 보수진영을 反평화·전쟁세력으로 매도하여 장기 집권하겠다는 사전포석의 전략이 깔려 있음은 더 말할 필요가 없다.

북한은 2006년 이후 6차례 핵실험을 통해 사실상 핵능력 보유 상태에 돌입했으며, ICBM도 거의 완성 단계에 도달했다. 그동안 6차례 핵실험을 통해 충분한 핵능력을 시위한 이후 급작스러운 협상노선으로 전환함으로써 '핵무기 보유국' 지위를 인정받기 위한 '입구'를 만들어내는 데 일단 성공한 것으로 자평할 것이다. 김정은은 결코 '핵경제 병진노선'을 포기한 적이 없고 이미 '핵강국 건설'이라는 목적을 달성했다. 겉으로는 '평화'를 떠들지만 사실상 한반도를 핵 인질로 잡는 게 그의 확고한 노림수임에 틀림없다. 트럼프 미 대통령과의 협상을 '핵 군축회담'으로 끌고 가려는 것도 그런 맥락과 이어져 있다.

그럼에도 현 정권은 겉돌고 있다. 협상을 통해 북한의 '전략적 결단'을 북핵 폐기(FFVD)로 유도하기 위해서는 한미 양국의 철저한 공조에 의존해야 함에도 오히려 민족공조에 치중하여 미국의 불만을 키우고 있다. 정부는 북한의 대화 복귀와 한반도 평화 무드가 "트럼프 대통령의 지도력과 국제사회의 협력" 효과라고 말하지만, 이면에서는 김정은의 '전략적 결단'임을 강조한다. 그러면서 협상에서 자기 레버리지를 포기하는 것은 최대 실책임에도 불구하고 북한 핵의 최대 잠재 피해국인 한국이 나서 조기 제재완화를 설득하러 다니는 촌극을 연출하기도 한 바 있다.

진정한 북한 비핵화와 남북경협

남북 경제협력 및 통일은 정파를 초월해 지향해야 하지만 반드시 비핵화에 맞춘 속도조절이 요구된다. 장기간 분단으로 인한 안보 리스크를 최소화할 수 있는 남북관계 개선과 한반도 평화, 나아가 통일은 한반도를 하나의 통합경제권으로 묶어 상호 보완적 발전을 가능케 하는 작업이 선행되어야 한다. 다만 시간적 조급성 때문에 남북경협을 한반도의 경제적 번영을 위한 '수단'이 아닌 '목표'로 왜곡해가며 '대북 퍼주기'로 가서는 곤란하다. 비핵화 속도에 맞춰 국제 제재완화를 조절해가며 지속 가능한 경협을 추진해야 한다.

중장기적으로는 남북경제의 영역 확장을 통한 공동번영을 꾀하며 경협을 우리 민족의 새로운 미래성장 활력소로 활용해야 한다. 무엇보다 우리 경제의 구조적 취약성은 내수시장의 협소에 있기 때문에 경제영토 확장을 통한 '규모의 경제'는 매우 중요하다. 특히 요즘은 미·중 무역전쟁의 심화, 글로벌 경제의 저성장 기조 지속, 금융시장의 변동성 확대, 구조적 리스크 발생 등 대외적 요인이 우리 경제 위기를 더욱 심화하고 있다. 대내적으로는 저출산·고령화로 인한 인구절벽의 현실화로 생산가능 인구의 급감과 대대적인 소비 위축현상, 잘못된 '소득주도 성장정책'의 실패로 말미암아 성장 잠재력이 크게 위축되고 있다. 따라서 남북경협 사업의 견실한 추진을 통해 우리 시장을 북한으로까지 확대하여 북한의 자원 및 노동력과 우리의 자본 기술을 엮은 신경제를 창출하고, 민족공영의 한반도를 만들어나갈 필요가 있다.

평화는 강력한 힘에서 나온다

　한반도 평화는 보수든 진보든 누구나 공감하는 가치다. 일부 정파나 일부 정부의 전유물이 될 수 없다. 평화를 이루는 방법은 다양하며, 안보와 평화는 결코 이분법적 대립으로 가서는 안 된다. 그럼에도 현 정권은 일방적이고 자의적인 평화론에 따라 무장해제가 곧 평화인 것처럼 '평화 착시(錯視)' 현상을 일으키고, 북한에 편향된 대북정책에 호응하지 않는 것을 '反평화' 세력으로 규정하고 있다. 이러한 전략적인 접근은 반드시 배제되어야 한다.

　평화는 민주적 정책결정을 통해 구현해야 지속 가능하다. 현 정권은 한반도 평화를 명분으로 충분한 숙의(熟議) 과정을 생략하고 역지사지(易地思之)라는 내재적 접근법에 빠져 자기중심적인 폐쇄적 정책결정에 몰입하고 있다. 이른바 '톱다운 어프로치(Top-down Approach)'는 한정된 상황(급박한 위기 임박)에서만 제한적으로 사용해야 함에도 국민 대의기관인 국회를 무시하고 오만한 독주를 계속하고 있다. 이제 국민 모두가 공유하는 평화 개념을 정립하기 위한 노력이 필요하다. 보수든 진보든 누가 제대로 된 '당당한 평화, 튼튼한 안보'를 추구하는지 선의의 경쟁을 하기 위해서도 새로운 시각의 접근이 필요하다. 물론 한미동맹 정신을 바탕으로 강력한 대북억지력을 유지하며, 향후 전작권 전환에 대비해 자체적인 미래 국방능력을 키워가며 '힘의 우위를 통한 평화협상'을 추진해야 한다.

　한반도 평화는 단순히 '전쟁 없는 평화'라는 소극적 평화가 아니고,

군사적 불신과 갈등 그리고 증오가 사라져 남북이 공영할 수 있고 민족적 동질성을 살려 상호 발전 기제를 보장하는 '적극적 평화'를 지향해야 한다. 평화는 어느 한순간의 무력충돌이 없는 상태를 의미하는 것이 아니라 그러한 추세가 계속될 것이라는 신뢰와 전망을 줄 수 있는 상태다. 특정 사건이나 일방 조치에 따라 평화의 도래를 규정하는 '착시(錯視)적 평화'가 아니라 확실한 근거와 쌍방향적 협력에 입각한 '실질적 평화'여야 한다. 쉽게 말해서 비핵화된 북한과 만들어내는 평화이어야 한다. 누가 뭐래도 한반도 평화의 가장 큰 걸림돌은 북한 핵이다.

북한 핵개발의 원인이 북한뿐만 아니라 한미에 있다는 양비론(兩非論)을 배격하고 협의와 대화를 통해 문제를 해결해나간다는 원칙을 강고하게 추구해야 한다. 북한이 핵동결을 넘어 핵 확산을 중지하고 검증을 통해 무기·시설·물질·기술을 모두 해체하는 시점에야 비로소 한반도에 진정한 평화가 왔다고 할 수 있다. 향후 북한이 비핵화를 완성함으로써 정상 국가로 국제사회에 편입하는 그날, 남북은 순조롭게 통일을 위한 준비에 들어갈 수 있을 것이다.

한반도 평화의 4대 원칙

민족끼리 다정하게 어울리며 통일을 하는 것도 좋지만 무엇보다 한반도에서 전쟁이 다시 일어나서는 안 된다. 나름 한반도 평화의 4대 원칙을 정리해보았다.

원칙1 어떤 경우에도 한반도에서 전쟁이 재발해서는 안 된다. 평화를 달성하기 위해 북한 비핵화의 실현은 필요조건이고, 비핵화 완성 이후에도 상호 신뢰구축과 군비축소가 지속적으로 진행되어야 한다. 특히 비핵화를 조기 완결하기 위한 군사적 옵션이 협상 과정에서 불가피한 국면도 있을 수 있으나, 전면전으로 비화될 수 있는 어떠한 수단의 선택도 기본적으로는 배격해야 한다. 다만 불가피하게 이 수단을 사용할 수밖에 없을 때에는 '급박하고 분명한 정당한 사유'가 있어야 한다. 그러나 남북 모두 전쟁 재발방지 명분에 얽매여 상대방의 위협에 수세적이고 유화 일변도로 대응할 이유는 없다.

원칙2 평화는 공존을 넘어 통일과 연결되는 '지속 가능한 것'이어야 한다. 현 상황에서는 진정한 한반도 평화 정착을 위해 노력하며, 그런 다음 남북한이 서로 체제를 인정하며 공존하고 국제사회의 규범과 예양을 준수하는 '선의의 상생 경쟁'을 지속해야 한다.

공존 자체가 목표가 아니고 결국 이 공존은 장기적으로 통일과 연결되어야 한다. 통일은 대한민국의 국가 정체성을 훼손하지 않는 자유민주주의 정신과 시장경제 체제의 토대 위에 이뤄져야 한다. 때문에 '평화 체제'는 종전선언 같은 특정 형식이 아니라 군비통제 등을 통해 평화가 일상적이고 지속 가능한 형태로 정착된 '평화의 제도화'로 인식되어야 한다.

원칙3 평화는 남북한의 경제적 공동번영을 통해 강화해야 한다. 국제사회의 대북제재 공조와 북한 비핵화 진전에 따라 공영 복리의 한반도 건설을 위한 경제협력을 추진하고, 아울러 남북 공동 문제인 생태·환경 재난에 대비하고 해결하는 데 남북이 적극 협력해야 한다.

북한의 비핵화 이행 속에서 대북제재의 완화·해제가 이루어지면 북한의 국제금융기구와 국제무역기구 가입을 적극 지원하여 북한 경제의 글로벌화를 촉진하고, 북한 경제 시스템의 현대화에 협력해야 한다. 이를 통해 남북 공히 새로운 성장 동력을 발전시켜나가면서 중장기적으로는 경제 공동체를 이룩하고, 이는 평화의 지속 가능성을 강화할 것이다.

원칙4 평화는 일방적 무장해제가 아니라 안보를 바탕으로 이뤄져야 한다. 신뢰성 있는 안보 태세를 바탕으로 구축되어야 한다. 평화와 안보는 양립 가능하고, 상호 보완적인 가치임을 명심하고 실천해야 한다. 한미동맹이 지난 60여 년간 한반도 평화를 위해 이룩한 기여를 간과해서는 안 되며, 앞으로 이러한 방향으로 동맹이 유지, 발전되도록 해야 한다. 비핵화 이후 장기적으로 미·중간 패권경쟁과 같은 안보 패러다임의 변화에 대비하는 차원에서 남북한 군사력 수준에 대한 검토가 필요하다. 현재 남북간 군사적 신뢰구축과 군축 과정에서 우리의 안보 태세가 취약해졌다. 어떠한 경우에도 우리의 독자적인 방어능력은 물론 한미연합 대비 태세를 저해해서는 안 된다. 특히 향후 전작권 전환에 대비해 강력한 국방력을 바탕으로 탄탄한 안보체제를 세워나가야 한다.

할 말 하고 따질 것 따져야 미래 지향적 남북관계 가능

남북간에 대화와 협력을 한다고 해서 북한의 과거 침략이나 도발 행위에 면죄부를 주어서는 안 된다. 남북대화 과정에서도 북한의 국제기준에 맞지 않는 행위나 우리 정부나 민간 대표에 대한 결례는 분명하게 지적하고 넘어가야 한다. 이러한 원칙은 김정은의 서울 방문이 이루어진다면 분명히 적용해야 한다. 한반도 평화와 북한 비핵화를 위한 신뢰구축 측면에서 김정은의 방문을 반대하지는 않지만 다음과 같은 전제조건이 선결되어야 한다.

우선 비핵화의 실질적 진전 조치와 관련한 입장 표명이 있어야 한다. 남북관계의 비례성을 고려하여 국내 민간 차원이라도 서울 방문시 인공기 게양이나 소지가 허용되어서는 안 된다. 문재인 대통령이 방북했을 때에도 태극기의 게양 또는 소지가 허용되지 않았다.

또한 천안함 폭침, 연평도 포격, 목함 지뢰 도발 등 최소한 김정은의 후계자 수업 혹은 집권 이후 벌어진 도발 행위에 대한 유감 표시를 받아야 하며, 북한에 억류된 국군포로와 강제 납북자에 대한 가족 접견 및 송환 방침에 대한 입장 표명도 들어야 한다.

한반도 평화 분위기에 걸맞은 한미 동맹의 진화를 위해서 남북간 평화 분위기가 정착되어가는 중에도 한미 동맹은 지속적으로 유지되고 발전해야 한다. 한미 동맹과 주한미군은 미북 · 남북 관계와 무관하게 한미간 결정사항으로 남아야 한다. 그러나 남북간 군비통제 및 군사적 대치의 해소에 따라 한반도 방위는 한국이 주도해야 하며 '한반도 방위동맹'을 통한 발전적 변화를 도모해야 한다. 한반도를 넘어 미래의 한미 동맹이 구체적으로 어떤 역할과 임무를 수행할 것인가는 한미간 공감대를 중심으로 주변국과 국제사회의 여론까지 반영하여 결정해야 한다. 세계적 차원에서 미중 경쟁 심화와 동북아 지역에서의 강대국간 경쟁구도의 고착화 추세를 반영하여 미국의 대한 동맹정책이 약화되지 않도록 우리 정부의 리더십 발휘가 필요하다.

'불가역적 북한 비핵화'를 위한 기본 전제

북한의 '완전한 한반도 비핵화'는 북한 핵능력의 완벽한 해체(FFVD)를 의미한다. 북한이 선언이나 약속 차원을 넘어 구체적으로 비핵화를 위한 실질 조치를 취할 때까지 북한 비핵화 진정성에 대한 분석·평가가 계속되어야 한다. 북한 핵능력 파악을 위한 핵 리스트 제출이 이루어져야 하며, 북한이 신고-감시·검증-해체에 이르는 비핵화가 이루어져야 한다.

북한의 핵미사일 실험과 관련해 시행된 UN 차원의 국제제재는 국제적 공감대가 형성된 '불가역적 비핵화 조치가 시행'될 때 완화 혹은 해제가 검토되어야 한다. 만약 불가역적 비핵화 조치가 시행되더라도 북한이 위반할 경우에는 자동제재 부과방안(trigger 조항) 신설도 검토해야 한다.

남북관계 발전과 무관하게 북한 인권문제에 대한 지속적 개선 촉구를 위해 남북한 관계 발전과 상호 체제 존중에 관계없이 국제적 공통 가치로서 인권존중은 실현되어야 한다. 북한 인권의 실상 파악과 인권실태 개선에 대한 촉구는 지속되어야 한다. 2016년 9월 4일 시행된 북한인권법은 존중되어야 하며, 그 실현을 위해 범국가적 노력이 집중되어야 한다. 북한인권법에 의해 설립된 북한인권재단은 조기에 정상 가동해야 하며, 이와 관련한 우리 정부의 입장은 남북관계 타협의 대상이 되어서는 안 된다.

평화는 특정 정부나 정당, 정파가 독점하는 가치가 아니다. 평화에 대한 다양한 견해와 입장은 존중되어야 한다. 이런 차원에서 한반도 평화를 위한 주요 정책은 정부-국회 간 협력을 근간으로 여야, 정부-시민사회 간 다층적 협력을 거쳐야 한다.

안보 문제에서는 초당적 협력 차원에서 남북관계 발전과 한반도 평화를 위한 '여·야·정 최고책임자'들의 협의가 필요하다. 이러한 논의는 정부정책의 일방적 소통이나 홍보가 아니라 양방향 소통으로 발전적인 결론을 이끌어내야 한다. 정부는 3차례에 걸친 남북 정상회담 합의문건 외에 담기지 않은 내용이 있다면 이를 국회 및 정당 대표들과 공유해야 한다.

한반도 평화정착 관련 단계별 조치방안

국내외 저명한 전문가들의 견해를 토대로 다음과 같이 정리해보
았다.

1. 평화 조성기(현 단계~북한 핵시설 1차 폐기)

북한 핵시설의 1차 폐기로 풍계리 핵시설 폐기가 검증되고 동창리
미사일 실험장이 검증단의 감시 아래 폐기되고 이어 영변 핵단지 폐
기 및 검증 일정 제시가 합의되는 시점으로 한다. 핵물질을 제3국으
로 이전하거나 폐기하고, 한미 및 미북 간 합의된 수준의 핵무기인
ICBM 및 핵탄두 일부를 반출하거나 폐기한다.

평화 조성기에 북한은 모든 핵 정보, 즉 무기·시설·물질 등에 대
한 정보를 반드시 일괄 공개해 검증-폐기 과정에 대한 예측 가능성
을 담보해야 한다. 북한의 평화조성 노력을 평가하고 미북 간 상호신
뢰 구축을 위해 단순한 소규모 미북 연락사무소 등 상징적 수준의 관
계 개선을 도모하고, 초보적 상징적 수준의 국제제재 일부를 완화하
여 국제제재 해제 수준에 상응하는 남북교류·협력을 재개한다.

평화 조성기에 남북한 군비통제와 공동 어로구역 설정 등 신뢰구
축 조치를 지속하되 NLL 등 기존 경계선에 대한 북한의 준수, 존중
을 명시한다. 군사 분야 신뢰구축 및 군비통제 조치로 남북 군사공동
위를 구성하여 남북 국방장관회담 개최하고, NLL을 기준으로 한 등

면적 서해 공동어로구역을 설정한다. 단, 북한의 NLL 준수 의지 명시적 표명 시는 등면적 원칙을 탄력적으로 적용한다.

주요 군사훈련 시 사전 통보 및 참관단을 운용하고 상호 군사력 백서를 정기적으로 발간하며, 군사정전위원회의 정상 가동을 추진한다. 이와 함께 기존 국방개혁2.0의 보완 발전을 통한 대북 방어능력 구축을 병행해야 할 것이다.

2. 평화 촉진기(북한 핵시설 2차 폐기 시작~평화체제 공식 출범 직전)

북한 핵시설의 2차 및 추가 폐기(의혹시설 발견 정도에 따라 탄력적)를 시행하고 평화 촉진기 전반기에 미·북 대표부를 설치하며, 최종 모든 핵 폐기(FFVD)에 맞추어 미·북 수교협상 진행 및 종전 선언을 추진한다.

한반도를 벗어난 동북아 지역에서의 한미 동맹의 역할도 상호 협의한다. UN 대북제재의 추가 완화 정도에 맞추어 개성공단 및 금강산 관광을 재개한다. 남북 군비통제를 지속적으로 시행하고 북한 생화학 무기 등 여타 북한 대량살상무기(WMD) 제한 협상을 개시한다. SOC 사업 진출을 추진하는 등 남북교류·협력 활성화를 통해 북한 개혁·개방을 지원하고 정상 국가화할 수 있도록 지원한다. 경제·사회 공동체 구축 방안에 대한 협상도 개시한다.

군사 분야 신뢰구축 및 군비통제 조치로 남북 군사회담을 정례화하고, 남북 국방장관회담을 통해 남북간 긴장완화와 신뢰구축의 기본 정신을 재확인하고 주요 원칙에 대한 합의의 장으로 활용한다. 남북 군사공동위원회를 남북한간 차관급 인사로 구성하며, 남북 국방장관회담에서 합의된 기본 원칙에 따라 남북 공동위기관리와 구체적 군비통제 조치들을 논의한다. 또한 현재의 남북 장성급회담을 기반으로 군사공동위원회 조치들을 실무적으로 시행하기 위한 사안들을 협의한다.

DMZ의 비무장화를 넘어선 '평화 지대화' 사업을 실시하고 DMZ 내 Green Zone(국제생태보호구역 설정 및 공동관리), '남북 평화농장'(가칭), '남북 위기관리센터'(가칭)를 운영한다. NLL을 '기준선'으로 한 군사력 배치 조정방안을 협의하고 상호 수도권 안전보장조치를 시행하여 쌍방 공히 평양 및 서울 인근을 위협할 수 있는 장거리 무기(탄도미사일, 장사정포 등)를 수도권 후방에 배치하게 하며, 군사분계선 인근의 과밀도 군사력을 해소하게끔 조치(MDL 인근의 군사력 동률 감축)한다. 남북간 군사적 대치 완화 상황을 반영하여 군사력 증강 계획을 조정하는 구조적 군비 통제방안을 본격 강구한다.

3. 평화 제도화기(평화체제 출범 이후~통일 추진)

북한의 기존 핵기술 및 인력을 폐기 혹은 전환하되, 인력의 경우 여타 분야로 취업하게 한다. 주변국과 국제사회의 합의에 따라 평화 목적의 핵 이용에 대한 여지는 보장한다. 미북 간 수교를 바탕으로 상호 대사관 개설 및 평화협정 체결 등 항구적 평화체제 수립 등 새로운 관계 구축을 지원한다. 본격적인 남북 경제·사회공동체를 구성하여 통일방안을 구체적으로 논의한다. 한미 동맹의 역할과 임무를 전환하며, 남북 군비통제, 안보협력 체제와 연계하여 남북 군사력의 조정을 추진한다.

비핵 평화협상 실패 시 후속 계획

기존 '조건에 기초'한 전작권 전환 방침에 따라 한반도 안보 상황을 전면 재검토하여 전환 조건의 적절성 여부에 대해 순수 군사적인 측면에서 한미 양국 군 당국의 철저한 비정치적 분석을 시행해야 한다.

북한의 핵전쟁 유발 및 핵 군축협상에 대비하는 차원에서 미국의 전략자산 상시 배치 및 전술핵 재배치 등 문제에 대한 공식 논의를 개시한다. 특히 북·중·러 3개 국가의 핵무장 실태를 감안하여 우리도 일본처럼 독자적으로 핵무기 개발 능력을 갖출 수 있도록 핵 농축 권한을 확보하기 위해 한미원자력협정 개정 문제에 대한 논의를 착수해야 한다. 특히 장기적 차원에서 김정은 3대 세습 독재체제의 종식을 위해 '급변 사태'의 재점검과 함께 한미 당국간 '레짐 체인지' 문제도 적극 검토한다.

나는 왜 정치를
하게 되었나

'온 몸을 다 바쳐 충성하니 죽어서야 그친다.'

제갈공명의 〈출사표〉에서 많은 사람들의 심금을 울리는 대목이다. '출사표를 읽고도 울지 않으면 충신이 아니다'라는 말이 있을 정도로 주군을 향한 충정이 절절히 배어 있는 비장하고 감동적인 명문이라고 아니할 수 없다.

오늘날 주군이라 함은 바로 국민이다. 대한민국의 주권은 국민에게 있고 국민은 심부름꾼을 뽑아 그들에게 국사를 맡기고 있다.

제갈공명의 출사표를 오늘날의 버전에 맞게 바꿔보겠다.

'온 몸을 다 바쳐 국민에게 충성하니 죽어서야 그친다.'

그렇다. 나는 국민에게 충성하기 위해 정치인의 길을 가게 되었다. 30여년 관직생활에서 나에게 주어진 소임은 국민의 안위를 지키는 것이었다. 넓게는 대한민국의 영토를 온전히 보전하며 나라의 울타리는 탄탄히 하는 것이었고, 좁게는 국민 개개인의 생명과 재산을 안전하게 하는 것이었다. 국가의 생존에 이보다 더 중차대한 책무가 있을까? 나는 그 연장선상에서 정치를 하고자 한다.

국회의원은 지역에서 선출되지만 그 순간부터 하나의 헌법기관으로서 국가 전체의 일을 다루게 된다. 나는 자유한국당 서초갑 지구당을 맡아 정계에 발을 들여 놓았다. 서초갑의 지역구민들은 나에게 아주 소중한 분들이다. 이분들의 생명과 재산을 안전하게 지키는 것이 나의 일차적인 소명임은 더 말할 나위가 없다. 더 나아가 서울시민, 대한민국 국민의 안위를 위해 무엇을 할 것인지 고민하며 실천하는 정치인이 되고자 한다.

나는 '안보통', '정보통'이라는 나름의 전문인으로 평가받고 있다. 앞서 언급한 바 있지만 생래적인 보수주의자라고 자부할 만큼 진정한 보수성향의 인물이기도 하다. 나는 이런 개인적인 정치자산들을 총동원해 지금 국민들에게 실망을 안겨준 낡은 보수의 틀을 과감히 깨고 21세기 4차 산업 혁명시대에 걸맞은 신보수의 길을 열어가고자 한다.

이제는 '보수주의는 자유민주주의', '보수는 애국심' 같은 도식으로 막연하게 보수 세력의 결집을 운운할 때가 아니라고 생각한다. 보수가 자유민주주의를 기반으로 하고 있다면 실제로 국민 모두가 그 이념적 실체를 이해하고 체화할 수 있게끔 해야 한다. 우리는 그동안 보수에다 자유민주주의를 등치만 시켰지 과연 국가의 보존과 국민 개개인의 안위에 어떻게 영향을 주는지 체감토록 하는 데는 등한시 해왔다. 다시 말해 대한민국의 자유민주주의는 언제부터인가 이념의 허공에서 탁상공론으로 떠돌며 보수 세력의 허울 좋은 무기로만 작용해 온 것이다. 신보수는 자유민주주의를 단지 허망한 이념이 아니라 국민의 안위와 직결시키는 실용적인 수단으로 접근하는 데서 출발해야 한다는 게 내 생각이다. 나는 그 방법론을 오랜 세월 고민해 왔다. 이제 뜻을 펼칠 때가 다가온 것 같다.

애국심도 마찬가지다. 애국이란 과연 무엇인지, 그리고 애국심이 대한민국의 정체성과 역사관에서 어떻게 발현되어야 하는지 국민 모두가 분명하고 구체적으로 이해하고 있어야 한다. 오늘날 우리 국민들의 애국심은 방향을 잃어 극도의 혼란상을 드러내고 있지 않은가. 애국심은 투철한 역사의식과 국가관을 기반으로 나와야 한다. 앞서 강조한 바 있지만 흐트러진 역사를 바로잡는 일은 신보수의 길을 여는 데 반드시 필요하다. 그렇게만 되면 애국심을 드러내는 국민의 행동규범도 생겨나 사분오열 쪼개져 있는 작금의 한국사회를 얼마든지 통합시킬 수 있을 것이다. 자유분방한 민주주의 국가인 미국에서는 온 국민을 성조기 하나로 단결시키고 있지 않은가.

다시 강조하건데, 나는 서초구민, 더 나아가 국민의 생명과 재산을 지키기 위해 정치인의 길을 가게 되었다. 지금의 지리멸렬한 보수가 건전하고 합리적인 보수로 거듭 난다면 나의 이러한 뜻은 순조롭게 펼칠 수 있으리라 믿는다. 우리는 신보수의 이름으로 현실정치의 문제를 드러내 개선하고 국가정책의 기본 방향을 바로 잡아 혁신하는 절체절명의 과제를 안고 있다. 나는 그 혁신의 대열에 올라 모든 것을 던지며 밀알이 되고자 한다. 지금 우리 한국 역사상 가장 심각한 북한 핵의 안보위협에서 벗어날 수 있는 창의적인 방안을 모색하는 데 우리 자유한국당과 서초 갑이라는 양대 정치의 틀(framework) 속에서 고민에 고민을 거듭하는 것이 나의 정치적 숙명이다.

이 숙명적인 국가적 의제에 내 몸을 불살라 우리 국민의 통합과 대한민국의 평화통일을 위해 한걸음 멈춤도 없이 진력할 것을 다짐한다. 이게 내가 걸어가야 할 정치적 대도(大道)이다.

모든 기록들은 우리를 성찰하게 하면서 더욱 충실하게 하고 정확하게 만드는 기회를 줍니다. 또 기록은 남고 쌓여서 도도한 역사의 흐름을 이룹니다. 개인사(個人史)와 사회사(社會史)는 반드시 교차합니다. 각각의 인생, 개개인의 일상(日常)이, 개인들의 작은 역사가 하나하나씩 쌓이고 차곡차곡 모여 커다란 공동체의 서사(敍事), 나아가서 우리 국사(國史)와 세계사(世界史)가 만들어집니다. 모든 사람은 세계의 사건에 관한 자기만의 역사를 쓴다고 합니다. 그래서 우리는 각각의 개인에게 일어나고, 만들어지고, 벌어지는 독특한 인생의 장면들이 얼마나 소중한 것인지를 새삼 깨우칩니다.

짧은 인생을 사는 인간이 죽음을 극복할 수 있는 방법에 대해《장미의 이름》등으로 유명한 소설가이자 기호학자인 움베르토 에코(1932~2016)는 자식을 낳는 것과 저술을 하는 것이라고 합니다.

공자와 맹자는 더 깊은 의미의 말씀을 남겼습니다. 군자(君子)는 덕(德)과 행(行), 책(册)을 세상에 남겨 많은 사람들이 그(또는 그 이름)를 기억할 수 있도록 해야 한다고 했습니다. 공자는 《논어》 위영공편에서 '군자는 죽은 뒤에 이름이 칭송되지 않을까 근심한다(君子 疾沒世而名不稱焉).'며 인품의 수양과 덕망이 높은 이름을 남겨야 함을 후세에 역설하고 있습니다.

아름다운 이름들이 세상에 많이 남아있다면, 우리 사는 세상은 아주 좋은 세상임이 분명하고, 저는 그런 기대를 안고 살아가는 것이 필요하다고 믿습니다.

글을 쓰는 것이 글을 읽는 일보다 훨씬 어려웠습니다. 그래서 저는 저자보다는 독자가 더 낫다고 생각합니다. 또 글이란 쓰고 나면, 언제나 아쉽고 부족한 느낌으로 후회하기 마련입니다. 시간이 흐르고 나면 미처 쓰지 못한 좋은 생각들도 떠오릅니다. 따라서 글쓰기는 매우 어려운 일이긴 하지만, 정치인이 책을 쓰는 것은 국민과의 소통이며 대화의 한 방식이 되고 스스로에 대한 격려가 되기도 한다는 것을 실감합니다.

책이 우리 자신의 모든 것을 설명할 수는 없지만 모든 글과 책은 우리가 살아온 과거를 반추하고 우리가 사는 인생과 시대를 논합니다. 인간은 책을 통해 과거를 되돌아보면서 새로운 인생과 미래에 대한 관점과 통찰을 얻습니다.

우리가 존경하는 시인 윤동주(1917~1945) 선생은 〈새로운 길〉에서 "어제도 가고 오늘도 갈/나의 길 새로운 길/민들레가 피고 까치가

날고/아가씨가 지나고 바람이 일고/나의 길은 언제나 새로운 길/오늘도… 내일도…"라고 노래했습니다. 이처럼 모든 인간은 매일 새로운 길을 걷습니다. 인간은 누구나 각자의 인생이라는 지도에 없는 미지(未知)의 땅−테라 인코그니타(Terra Incognita)−을 걸어가는 존재라고 합니다. 인간은 자신의 앞날과 운명을 알 수 없습니다. 그리고 어떤 사람의 일생을 반복할 수도 없습니다.

인간이 산다는 것을 자기가 택한 어떤 길을 걸어가는 것입니다. 그렇다면 나는 과연 어떤 길을 걸어가고 있는가. 쉽게 말할 수 있는 일이 아닙니다. 다만 언제나 정직하고 떳떳한 길을 걸어가야 할 것이라고 믿습니다.

답설야중거(踏雪野中去) 눈 내린 들판을 걸을 때는
불수호난행(不須胡亂行) 모름지기 함부로 걷지 말라
금일아행적(今日我行蹟) 오늘 내가 남긴 발자국은
수작후인정(遂作後人程) 훗날 뒷사람의 길이 될 것이니.

세상의 모든 일이 어렵습니다. 그래서 여유당(與猶堂)이란 당호를 썼던 정약용 선생의 가르침을 다시 한 번 새기게 됩니다. 다산 선생은 사방에서 나를 엿보는 것을 두려워하듯 경계하고(與), 겨울에 시내를 건너는 것처럼 신중하게(猶) 살기를 우리에게 권했습니다. 비슷한 내용은 《시경》과 《도덕경》에도 보입니다. 우리들 인생은 전전긍긍하며 깊은 못가에 서 있듯, 얇은 얼음판을 밟고 가는 듯하다고 우리들의 거친 마음과 삶을 절제하고자 했습니다. 명심, 또 명심해야 할 가르침이 아닐 수 없습니다.

저의 정계 투신이라는 어려운 결단에 대해 뜨거운 격려를 보내주신 많은 분들에게 막중한 책임감을 느낍니다. 모든 정치인은 당면한 선거에서 2등을 하기 위해, 또는 야당을 하기 위해 정치를 하는 것은 아닐 것입니다. 승리하는 집권여당이 되는 것은 모든 정당의 꿈이자 한계일 수밖에 없습니다. 보다 혁신적이고 영향력이 더 큰 정치인이 되어 국민을 위해 헌신하는 것이 저를 아는 모든 사람에게 올바르게 보답하는 길이 될 것이라는 생각을 지울 수가 없습니다.

여전히 혼탁하고 어지러운 한국의 정치판에서 저는 비상한 각오를 갖고 꼿꼿한 물줄기처럼, 맑고 시원한 바람처럼, 늘 푸른 송백과 같은 정치 역정을 펼쳐 나갈 것을 굳게 약속드립니다.

언제나 최선을 다하겠습니다.

감사합니다.

주 석

1) 양승태, '한국의 진보, 허구와 위선의 역사의식부터 청산해야', 〈계간 철학과 현실〉, 2019년 여름호, 173쪽.
2) 양승태, '한국의 보수, 무엇이 위기인가?', 〈계간 철학과 현실〉114호, 242~270쪽.
3) 이성무, '민족문화 창달의 길', 《한국 역사의 이해》, 집문당, 1995년, 216쪽.
4) 이성무, 《조선시대 당쟁사 1》, 동방미디어, 2000년, 23쪽.
5) 이희수, 《이희수 교수의 이슬람》, 청아출판사, 2011년, 395쪽.
6) 이희수, 위의 책, 399쪽.
7) 이성무, '민족문화 창달의 길', 《한국 역사의 이해》, 집문당, 1995년, 207쪽.
8) 김덕균, 《통쾌한 동양학》, 글항아리, 2011년, 92쪽.
9) 신라의 화랑도와 같은 역할을 한 고구려의 지방학교. 젊은 청년들이 모여 밤낮으로 글을 읽고 무술을 익혔다.
10) 이성무, '한국사의 특성과 그 현대적 계승', 《한국 역사의 이해》, 집문당, 1995년, 205쪽.
11) 이춘근, 《미국에 당당했던 대한민국의 대통령들》, 글마당, 2012년, 70쪽.
12) 다나카 아키라, 《한국정치를 투시한다》, 길안사, 1995년, 10쪽.
13) 다나카 아키라, 위의 책, 47쪽.
14) 이성무, '한국인의 명분주의', 〈서울신문〉, 2010년 5월 7일.
15) 이덕주, 《조선은 왜 일본의 식민지가 되었는가》, 에디터, 2001년, 50쪽.
16) 이성무, '한국사의 특성과 그 현대적 계승', 《한국 역사의 이해》, 집문당, 1995년, 209쪽.
17) 이성무, '사림과 사림정치', 《한국 역사의 이해》, 집문당, 1995년, 97~98쪽.
18) 이덕주, 《조선은 왜 일본의 식민지가 되었는가》, 에디터, 2001년, 52쪽.
19) 위의 책, 52쪽.
20) 오항녕, 《조선의 힘》, 역사비평사, 2010년, 107쪽.
21) 최봉서, 《한국인의 사회적 성격 2》, 느티나무, 1994년, 155쪽.
22) 안병직·김진현·한배호·홍일식 좌담, '국민 통합, 어떻게 접근할 것인가', 〈시대정신〉 58호, 62쪽.
23) 바른 것(정학)을 지키고 이단인 사학을 배척하는 유교의 이념을 대변하는 사상으로, 구한말 외세의 개항 압력이 거셀 때 이를 반대하는 반외세 운동의 이념적 바탕이 된 이론.

24) 조선 시대, 승정원의 정3품 벼슬.

25) 이나미, 《한국 자유주의의 기원》, 책세상, 2001년, 145쪽.

26) 1907년 대한제국의 총 병력은 중앙군 4,215명, 지방군 4,305명, 헌병대 265명 등 총 8,785명에 불과했다. 서인한, 《대한제국의 군사제도》, 혜안, 2000년, 290~291쪽.

27) 함석헌, 《뜻으로 본 한국역사》, 한길사, 2003년.

28) 이영훈, 《대한민국역사》, 기파랑, 2013년.

29) 안병직, 《오늘의 역사학》, 한겨레출판, 1998년, 19쪽.

30) 김기협, 《망국의 역사, 조선을 읽다》, 돌베개, 2010년, 11쪽.

31) 권태준, 《한국의 세기 뛰어넘기》, 나남출판, 2006년, 243~244쪽.

32) 권태준, 위의 책, 246쪽.

33) 이영훈, 앞의 책, 29쪽.

34) 김민남 · 유일상 외, 《새로 쓰는 한국언론사》, 아침, 1993년, 190쪽.

35) 위의 책, 184쪽.

36) 권태준, 앞의 책, 299쪽.

37) 강준만, 《한국현대사 산책 1940년대 1》, 인물과 사상사, 2006년, 94쪽.

38) 강준만, 위의 책, 94~95쪽.

39) 권태준, 앞의 책, 57쪽.

40) 이영훈, 앞의 책, 67쪽

41) 강준만, 앞의 책, 9쪽.

42) 강준만, 위의 책, 11~12쪽.

43) 강만길, 《고쳐 쓴 한국근대사》, 창작과비평사, 1994년, 190쪽.

44) 이만열, '한말 · 일제 강점기의 지식인', 장회익 외, 《한국의 지성 100년: 개화사상가에서 지식 게릴라까지》, 민음사, 2001년.

45) 최장집, 《韓國現代政治의 構造와 變化》, 까치, 1989년, 82~83쪽.

46) 홍일식, '국민통합, 어떻게 할 것인가', 〈시대정신〉 58호, 2013년, 26쪽.

47) 폴 우드러프, 《최초의 민주주의, 오래된 이상과 도전》, 돌베개, 2012년, 164쪽.

48) 임혁백, '한국에서의 불통의 정치와 소통 정치의 복원', 한국언론학회, 《한국사회의 소통위기》, 커뮤니케이션북스, 2011년, 19쪽.

49) 권태준, 앞의 책, 53쪽.

50) 권태준, 위의 책, 51쪽.

51) 백낙준, '사회변천과 교육', 《한국교육의 이상과 현실》, 동아출판사, 1964년, 95쪽.

52) 교육부, 《초등학교 교육과정 해설(1): 총론, 재량활동》, 대한교과서주식회사, 1999년, 90쪽.

53) 최장집, '민주주의와 법의 지배 한국어판 서문', 아담 쉐보르스키 외, 《민주주의와 법의 지배》, 후마니타스, 2008년, 14쪽.

54) 국민의식 또는 국민정신이라는 말도 있지만, 국가주의 또는 권위주의에 비롯된 개념이라는 인상을 주고 있어 시민의식이라는 말을 쓰기로 한다.